李飛鵬 編纂

鳴酬叢編

東大圖書公司 印行

國立中央圖書館出版品預行編目資料

鳴酬叢編／李飛鵬編纂. --初版. --臺
北市東大發行：三民總經銷：民83
面；　公分. --
ISBN 957-19-1616-1（平裝）

1.楹聯、壽文等

856.6　　83003295

編纂者　李飛鵬
發行人　劉仲文
著作財產權人　東大圖書股份有限公司
臺北市復興北路三八六號
發行所　東大圖書股份有限公司
地　址／臺北市復興北路三八六號
郵　撥／〇一〇七一七五——〇號
印刷所　東大圖書股份有限公司
總經銷　三民書局股份有限公司
門市部　復北店／臺北市復興北路三八六號
重南店／臺北市重慶南路一段六十一號
初　版　中華民國八十三年六月

編　號　E 85272

基本定價　肆元肆角肆分

行政院新聞局登記證局版臺業字第〇一九七號

ISBN 957-19-1616-1（平裝）

編輯旨趣

余性躭詞翰，少從塾師讀，曾學作聯語絕句，長入學校，以課務繁雜，少有習作。後入仕途，則一行作吏，此道便廢矣。洎至退休來美，客居多暇，嘗與鄰友作篇什之切磋，間亦學步邯鄲，試相唱酬，亦與親友鴻雁往還，每逢喜慶喪祭，則以詩聯相慶弔。十餘年來，已積篇成帙，間嘗取閱，重溫舊情，則覺琳瑯滿目，情辭並茂，愛不忍釋，如覩故人。因念如此佳作，與其久置行篋，湮沒作廢，不如取以付梓，遍贈親友，藉留鴻爪，以資紀念，於是彙集各方來鴻，編爲一輯，名曰「親友綸音」，而以拙作「萍廬雜稿」另爲一輯殿後，合兩輯爲一編，名曰「嚶酬叢編」，蓋寓嚶鳴唱酬之意。茲於編竣付梓之前，特述其編輯旨趣，冠諸篇首，以就正於諸親友，倘承賜以教正，則感幸於無既矣。

公元一九九四年元月荊門李飛鵬謹誌於北美加州聖荷西市萍廬時年九十有六

鳴酬叢編　目錄

附錄

乙 萍廬雜稿

第一類 文稿

第二類　詩聯

飛鵬先生

來稿及華僑輯誌囑寫之件均先

種切稿文甚佳保信其西經收款而文

詞之雅深集上更加全面所經望其讀皆

欣佩之至已當附馬先生業

華僑之件遇話轉附商務印

　撰祺

　　永建敬碩　六月廿八

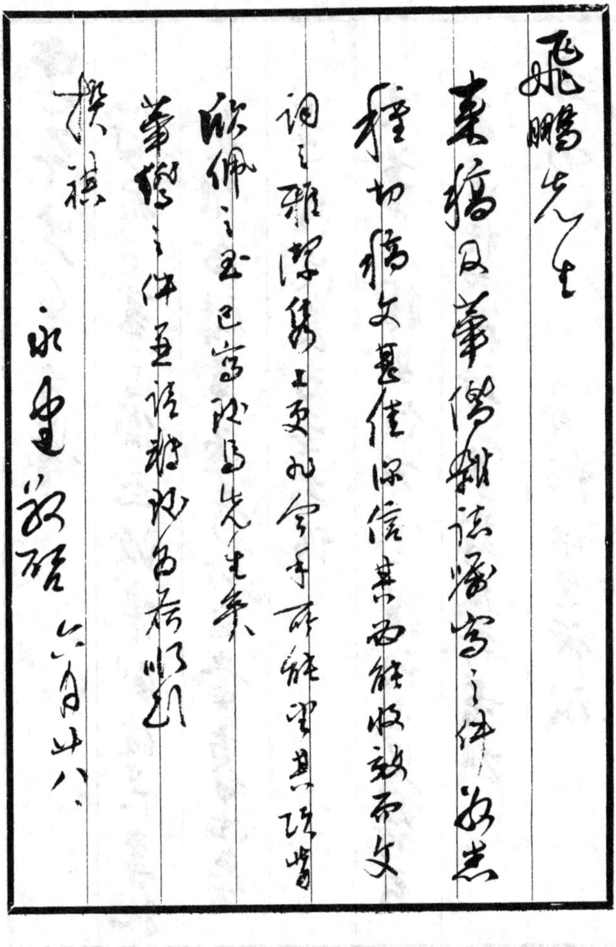

總統府用牋

季平先生大鑒：

符君之事已備函致張副院長李杞矣，惟為謀事適當計，自當事先奉達孫院長為妥。為話大著一釋，如何節言，揹詞已囑符君面達種切，統祈草裁為荷。肅此

暑安

弟 經國 謹啓

附叢書序稿有需改之處，若否再閱，祈酌。

附註：謹按，前故考試院長鈕公於民國四十年卸任後，即任總統府資政。間有文件，常交我擬辦。此兩手諭前者係奉命撰擬之文稿，呈核後，覆示嘉勉，後者係命爲符君函介於行政院陳院長，同符君專爲辦理機要之秘書，例須與院長同進退，而我則職爲參事，可不必引退，但因繼任之院長即我視爲官僚氣重之前銓敍部長賈景德，因而不願留任，向公請辭，先未邀准，後知我與賈極難相處，遂准我辭職，並主動命金傳乾參事專函行政院陳院長爲我安排工作後，再命我爲符君撰函推薦，於是符君得任爲光復大陸設計委員會委員，直至該會裁撤時止。公首先爲我安排工作，我得任職行政院歷廿年之久，雖愧無建樹，然我全家之生活得以維持於不墜，是皆受公之賜。今敬展遺諭，能不追念悼感？

⑵周慶光（邦道）兄遺書

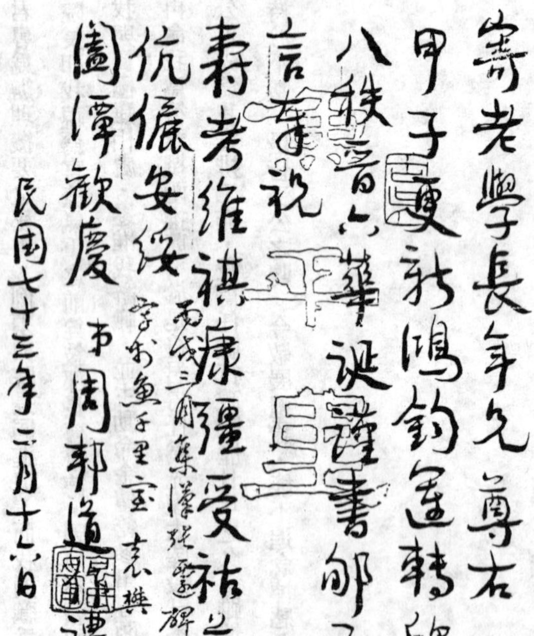

附註：周兄逝世，迄今已二年，睹書懷人，曷勝悼念。

賀詞詩詳第三類⑹。

(3)陳伯稼（天錫）先生遺書

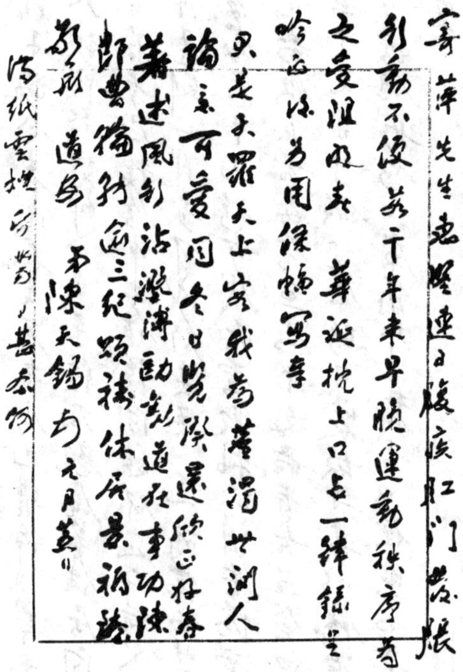

附註：謹按，先生發病以後即入院救治，余曾數往探視，不意至四月八日竟告逝世。此函或係其絕筆，今展讀遺書，不勝悼念！

⑷ 華允琦兄遺書

寄樵吾兄：日前寄復一函諒達，弟今日接此間移民局知
識行子協會來函，惠台居留局已准許弟先行入台再覓
保人，現向於詳細入台手續及親屬等保居問題正由彼會
與台省當局積極進行中，俟後問題確定，即可入台，看來談判
半月還則一月，當可成行矣。吾兄所需西裝，首先確定單
備每套若干元，始可代爲掌取精品，因香港西裝價格相差
甚巨，最廉宜者每套五、六十元，最貴者每套四、五百元，[illegible]
四、五十元亦可做一套好西裝，故可其以錢湊料工，不如以
料工湊總好，何之處請即裁示，以便照辦為此。敬頌
勛安

弟華允琦拜啟 三、廿三

請加封轉寄 台北行政院李參議寄樵

附註：按華允琦兄爲余第一屆高考同年，民國卅四年（一九四五）八月抗戰勝利後，自貴陽到香港，函余代爲辦理入臺手續，及將入臺證寄去後，即購赴臺船票，啓行時，不意猝然以暴疾逝世。人之禍福死生，皆有定數，華兄臨行猝逝，其不然乎。今檢閱遺書，曷勝慨嘆！

(5) 姜異生兄書簡

寄萍老友如晤：客秋惠教，屢欲作覆，屢迫於無奈而罷。頃以舍外孫女佳圓因乃兄佳華之完婚歸來，又回美之便，特檢拙稿數箋囑其帶奉 尊覽，鄙況何似，或可於此中覘其概也。實告 老友，来台四十年，仰荷天保，大體平善，奈自老伴告病後，一切生活不得正常，徒喚奈何。致 兄家藏所惠 鴻著，迄今尚未細讀也。言及作書，尤為困難，往時如飛，今則如爬，歪歪斜斜，欲哭不得。兄去年跌傷行動無妨否。不能再寫，即頌 儷福 杉弟 江山異生上

七九、二、一。

附註：按民國卅八、九年間，余任職考試院，適姜兄自港到臺，旋亦入院就職，遂得相識。姜兄賦性正直不阿，極富毅力，並有正義感，與余意氣相投，遂即締結，時相過從，並承時留餐敘，因而深知其早歲因操作勞務，以致右手臂不幸傷殘，從此無論鉅細工作，皆靠左手臂，數十年來已習以爲常，尤其以左手揮毫作書時，則鐵畫銀勾，如行雲流水，運轉自如，毫無停滯之跡象。今觀此函，端正不苟，可知其運用左臂功力之深，而不禁有罕見難能之嘆賞。姜兄少時以家貧無力就學，遂發奮自勵，苦學不懈，而有今日輝煌之成就。現在臺北三民書局印行之著述，不下卅餘種，風行臺島，享譽士林，蓋其來有自也。茲特刊印其左筆書函於本編，以表景慕之忱。

第二類　文集

(1)洪任吾兄賀九秩壽序

恭祝　寄萍年長兄九十禱誕暨
德配倪琪夫人　雙慶壽序

壽言非古也。昔韓愈工爲贈序，膾炙人口，未聞有頌禱之詞。後世演贈言爲壽序，類皆敷陳功德，乞名宿以娛親，或飾行事以自衒，泛意陳言，讀之氣索，然友朋之際，氣誼相從，肺腑傾懷，契諸心而寓諸口，有交感激發而不容已者，乃于吾友寄翁得之。余初識君于五十年前渝郊歌樂山之農舍，時皆避寇山郊，環考試院部會公廨以居，余方就暗窗爲考選委員會年度政績具草，君攜杖臨階，不記互作何語，一見如夙好。自是田塍土舍，時相聚値，短節笠履，猶狀目前。此七八年間，余正受知于海鹽百年陳公，凡會中機務，要牘以及讀卷講課諸役，靡不與從，日被拔擢，君見轍諧獎，親掖日多。洎戰罷還都，組設各省區考銓處，陳公舉君爲鄂湘處長，院議中爲晉籍部長蓄怨所阻，遂遞次以余遴補，初乃不知也。蒞鄂三年中，君數臨視，多所勗益，而無一語及前事，近以讀君自傳大白，信君之德量遠矣。既而南都遠徙，院部星散，與君邂逅渝州，西南易幟時，又同旅北涪，逾數月，君毅然遠行，頻就商約，余以親老尪弱不克從，市樓黯別，酌不成歡，遂亘三十四年不相聞。長日爲年，渾皆忘置，而君之音容仕進，固無日不往來于胸中也。壬戌之秋，君已由臺休致，渡美數年，忽以尺書抵余，喜極而悲，急以詩札相報，有句云：「萬里羈遲百念違，忽聞天外有書回……山城一散驪歌後，無復親交共酒杯。」又云：「聞君絕域高翔訊，正是秋風欲動時，一別更長人共老，此生何日卜歸期。……」皆紀實也。自後郵書往復，迄今凡三十六回，密行小字，元氣充盈，夜燈細讀，如話巴山。其間推食解衣，錫文寄問無虛日，每展影像，蒼顏皓髮，而君年既九十矣。

溯君自甯都建制後之二年，畢業中央大學，入仕銓敍部，受命撰制銓政沿革及英美官制圖表十數種，見器于部長河陽張義痴先生，旋隨入浙爲孝豐縣長，回鄂爲行營股長，再入銓部爲秘書、參事，轉考選部司長，出典文衡，入參法制。遷臺後爲考試院秘、參，代院長，無錫鈕公惕生夙相愛重，既將倦退，獨先推君轉行政院參議，兼理法規委員，迄于休致，敭歷中外，凡四十年。

余少于君八歲，弱冠爲童師時，君已宰百里爲民牧；至三十五年高考獲雋，君已先二屆掇巍科；旋分考選會司撰擬，君已爲部祕書，凡年歲、科輩、資位皆後于君，才略尤不逮遠甚，而苔芩契合，老而彌篤者，蓋亦有故。竊常思之，吾儕披瀝傾誠，坦蕩無隱者同；熱忱樂助，好與人爲善亦同；不忮無爭，夷險一節，湖海求生而不樂世務，又靡不同。夫窮通修蹇存乎天，而正譎好惡主于人，位不在高，惟性是適；交不在顯，斯情足珍。性近，則雲泥如膠漆；情乖，雖昆弟爲參商。不可強而躋焉。余繆逾八十，自鄉鄰、學校、機關以至社會，閱人蓋亦多矣。資年才地，稍越輩流，高自崖岸，不肯惠人者有之；飢則相親，貓馴蟻附，掉臂爲仇，更相排陷者，亦有之；位埒班同，比肩側目，勢順則生怨妒，時逆則加譏嘲者，又有之；呼朋嘯會，譁衆騖名，交游盈千百，無一眞同心，更多有之。萬態紛拏，而君均無有也。況今之人，祖孫可相詬誶，母子不知顧恤，男女爭愛于刀叢，生徒詆鬩于講舍，親倫俱泯，遑問朋友，今得君于世情涼漠，家室忿戾之時，相濡以沫，聊用自蘇，不亦奇異哉！昔人謂人生得一知己，可以無憾，又云：「水至清則無魚，人至清則無徒。」夫子教人，毋固毋我，大哉言乎！余生也固，多情而寡徒，入世六十年，所與事：一學校，一機關，一續命團體；所與人：一師長，一二僚友。海鹽陳公，遇余可謂至矣，紆尊呼字，一歲數還，曾未嘗修私室報謝之謁，而公端嚴謹默，亦無陶融舒肆之宜。君則脫略神形，渾忘爾我，徒恃嗜味爲同好，以詩文相賞析，又無驅策營求之用，何其篤也。寒江日薄，故舊全稀，宙合茫茫，唯君與語，此知音之所由可貴也歟！

德配倪琪夫人淑慧而才，戰時眷屬皆環寓郊村，夫人不以山妻疏拒，往來如姊娣。時任歌樂山小學校長，余子女皆從就讀，與君子女多同學，今皆旅外成才，繁衍昌裕，余與君家交及二世，請于稱觴獻綵之日，覽余斯文，得知家世禎祥，其來有自，余亦盡澆塊壘，益以聲詩，俾歌以侑觴，君不善飲，而余已三浮白矣。詩曰：

一世交歡半別離，蒼茫人海似君稀。戈船秉節聲華遠，綵服盈庭福慧奇。

杖國憂勤多歲月，囊書涵泳到期頤。蓬萊更喜雙修好，皓髮如新樂畫眉。

年寅弟黃梅洪毅拜撰于南京

一九八七年四月

(2)劉紹唐先生賀九秩壽序

李寄萍先生夫人賢伉儷金婚之喜，暨九秩榮壽之慶賀序

君子淑女，詩詠關雎之雅化；和愛敬終，孔有夫婦之經訓。蓋鸞鳳和鳴，琴瑟諧樂，乃人倫之始，亦王化之源，聖賢所勉，道統所重。故歷代賢德夫婦，史不絕書。今觀之

寄萍先生樹玉夫人賢伉儷之鴻案相莊，老而彌篤者，可以先輝後映矣。

寄萍先生為荊門世家、湖北貴胄；該處地接江陵，大江流其南，荊山峙其北，地靈人傑，代出賢豪。故先生生而岐嶷，幼承鯉教，讀經籍，研文史，以樹國學之基。繼進學堂，求新知，考取中央大學深造，對歷代治亂興亡之理，與夫經邦濟世之道，均深入研析而有心得。北伐統一後，中樞遵照　總理遺教，選拔人才，於民國廿年秋，舉辦第一屆高等文官考試於南京，而先生應考報捷，分發於新成立之銓

敍部任職，受知於張難先部長、鈕永建副院長。其間奉編歷代銓敍制度總表，及秦、漢、唐、宋、元、明、清七代銓敍制度分表。並研擬公務員任用、考績、撫卹、登記等法規，以奠銓敍制度之始基。後調任浙江省孝豐縣長、豫鄂皖三省戰區總司令部上校股長，亦多建樹。繼任考試院參議兼長人事室、銓敍部首席參事、考選委員會專門委員，歷部長六任，爲時廿年，贊襄銓敍、考選、諸大計、勳勞卓著、有功國家。繼爲行政院陳院長辭公所賞識，任爲參事兼長法規委員會委員，損益增删、悉臻完備，有聲於時。退休後，子女板輿迎養於加州，從此林泉著迹，以樂天年。

樹玉夫人，爲江蘇鉅第，世代簪纓，以是國學湛深，書法秀雅，從公數十年，有清廉勤儉之譽。而相夫以道，教子女以義方，尤爲人所樂道。子女孫曾俊賢，博士與碩士競秀，文學與科技爭輝，一門忠孝賢能，實人間之佳話。今逢金婚及九秩之慶，謹奉賀辭申敬：

金婚載歌，重溫五旬之鴛夢；九如有慶，更聽百歲之鸞笙。紅袖添香兮，憶雪案之聯吟；白首偕老兮，感金屋之同歡。繡閣錦室，以樂春華；麟瑞鳳祥，而慶秋實。鴻案齊眉，直追梁、孟之德；鹿門偕隱，堪媲包、桓之賢。雞鳴戒旦，相勗以德業；

丸熊勵讀，教子以學術。頌晉三卿之祝，詩詠百祿之篇。椿萱既並茂，蘭桂且競芳。金風月圓，欣南極之星輝；桂馥菊香，喜西池之宴開。謹奉北海之樽，恭祝東皇之壽；並以「松柏長青」、「日月永光」，爲賢伉儷賀！是爲序。

愚弟劉紹唐拜撰并書於美國加州

中華民國七十五年（一九八六）

(3)李華驤先生代徵李蘭郁先生暨德配羅夫人七旬雙慶壽言啓

蓋聞福者備也，統百順而爲名，壽者酬也，徵九疇之所敍，是以積善斯能積慶，而大德必得大年。維我

蘭郁先生暨　德配羅夫人者，吾友李君飛鵬昆仲之嚴慈也，　先生伉儷朱顏相莊，白頭偕老，梁孟允爲佳偶，劉樊原是天仙，兒女盈前，則鵠跱鸞停早標彥譽，孫曾繞膝，則鳳毛麟趾幼擅清聲，笑口常開，七十乃從心之日，沖懷彌暢，優游於杖國之齡，洵足爲邦家之光，抑亦極人倫之盛者矣。　先生郢中碩果，漢上耆英，少而岐嶷，長尤豁達，繼簪纓於累代，而邱壑獨甘，無案牘之役形，則胸襟自遠，孝友悉

根於至性，識量不減於昔賢。先生籍隸荊門家濱漢水荊門舊爲郢中七縣之一又設有漢上書院在其里皆古稱也先生祖平陔公父稚陔公累代顯宦並有政聲至先生獨不樂仕進志安澹泊唯事家人生產以爲俯仰之資有古隱者之風焉 其事二親也，則先意承志，能得其歡，而疾病顛沛之時，扶侍未嘗離左右。先生早歲侍親宦遊皖省極盡人子之禮頗得親之歡心母劉太夫人多病先生日夕服侍湯藥未敢少懈必病愈乃已民國元年稚陔公解組歸里閱一年劉太夫人卒先生哀毀逾恒而奉父益謹民國十九年先生珂里屢被匪患地方團隊不能禦輒攜械出走匪入市劫掠盤踞一日或二三日聞國軍來即又遁去先生每次先命家人之壯者隨團隊奔避餘則避居他家而躬自扶持稚陔公微服匿於貧戶間或日易數處終免於難蓋先生以老父不能速行途中反多危險又知匪志在得財無暇過問物主家人既散去則匿居之所不易爲匪發現故耳稚陔公年登大耋壽終於家則先生孝養所致也 其待同氣也，則妹嫁弟婚，咸資其力，而于歸析爨以後，愛護無間於始終。先生有一姊三妹及一弟既逾弱冠之年父母知其才即授以家政故嗣後弟妹婚嫁之事胥由先生主持先生悉心斟酌事皆愜於親心弟妹亦無後言以是人益服其能民國十四年先生奉父命與弟析產分居兄弟翕合從未齟齬遇有緩急則救助不遺餘力又一姊一妹苦節艱貞先生即迎養於家迄今多年相依如故則先生友于之篤於此可以見矣 其合洽鄉鄰也，則解衣推食，平訟息爭，故遐邇競仰其楷模，盜賊不闚其庭戶。民國二十七年先生因市居常受敵機威脅乃舉家徙居鄉間與鄉鄰歡洽相處遇有請求必力應之遇有爭訟必雙方勸解從無疾言遽色以是人皆悅服是年冬春之交地方無賴之徒流爲盜賊遠近被劫者多家先生之戚由他處移居於先生之左鄰甫數日即被匪劫先生亦飽受虛驚幸未波及嗣後獲盜據其供稱因先生之爲人仁厚和易故當時不加侵犯云云則先生之盛德感人者深矣 其篤厚桑梓也，則濟困拯災，起衰救弊，故劫灰漸變爲膏壤，戾氣復化爲祥和。先生既避難鄉間越二年而其故居之市鎮被日寇侵陷全市房屋夷爲廢墟僻鄉雖免敵寇之蹂躪而處境實如風雨之漂搖先生勉力撐柱其間備歷艱險及日寇投降國軍進駐之時難民歸者皆露處荒郊無人主持其事於是國軍及地方人士敦請先生出山先生以桑梓之故義不容辭遂返故里旋被舉爲商會理事長及建設委員會主任委員對於地方善後事宜如賑濟災民綏輯流亡清理地籍重建房屋諸大端無不孜孜籌措不遺餘力於是商賈漸興閭閻日盛昔之浩劫戾氣頓化烏有而衰弊之市鎮復爲祥和膏腴之樂土矣 至於睦族敬宗，聯姻任卹，興辦學校，獎掖後生，先生本荆邑望姓遠近族人多至數千家媚婭亦衆先生或多方維繫或盡力佽助故宗族協和而無間婚媾輯睦以相親焉先生故里在抗戰前有完全小學及私立漢上初級中學各一校皆地方出資創辦至戰時雖停頓而先生前所倡導贊助之功有足稱焉抗戰勝利後又倡辦中心小學一所未幾而省立第十四中學復由後方遷移於該地時則大難初平瘡痍未復學生到者寥寥先生乃向各界人士極力勸導遣送子弟入學而於以前畢業之學生儘量介紹工作於是咸知感奮負笈於兩校之新生遂濟濟稱盛焉此皆有猷有爲可大可久於先生之德業亦可見其一斑矣凡所設施，足資則傚，略陳梗概，莫罄高深，然則

先生之福備而壽酬，固可於其行善樹德卜之矣， 夫人爲豫章著姓，江右名門，秉性幽嫺，植身淑愼，當其曏佐夫子，敬事舅姑，容止無愆，孝恭克遵於婦道，操勞罔懈，勤儉遂蔚爲家風，至於敎子以義方，則童穉皆彬彬以有禮，對人唯誠信，故婢媼亦惓惓而知恩，徽音孔昭，彤管有煒，則其與 先生儷德齊善，固宜同福並壽，吾知 先生伉儷之衍慶與延年必方興而未艾也。粵維今歲十月十六日（國曆）爲先生七秩覽揆之辰，吾友昆仲擬率其家人於是日鞠䏲稱觴，爲二親壽，循古禮也，同人等分猶子姪，誼屬通家，際此昌期，情殷張老之頌禱，播兹嘉話，愧乏吏部之文章，敢爲引玉之拋，代爲投珠之請，伏冀 大雅鴻博，寵之巨製名篇，倘荷一字之褒，不啻百朋之錫，謹啓。

附註：按民國卅八年夏先父偕同家人自家鄉避難到南京。余以先父適當年七旬大慶，擬隆重舉行慶生會，故請時任杭州浙閩考銓處任專員之堂叔華驤公爲撰徵文啓，及文成而徐蚌國軍潰敗，南京震撼。時機關均忙於疏散，人心惶惶之餘，不但先父之慶生會已難舉行，且先父亦遠赴江西，竟成永訣矣，今讀斯文，不禁思親之念，縈繞胸臆，而華驤公運筆直書之勞，亦不能不令我敬致感謝之忱也。

(4)《現行人事法規沿革及釋例》陳序

坊間出版之法規書籍，與政府機關各就主管部門纂輯印行之法規，類以現行者爲主，關於現行者之前身法規，或其條文多付闕如，不加追錄，此足以知今，而不足以鑑往。夫周因殷，殷因夏，所謂因，必有其足資考證者在，故所損益，雖百世可知。今之制度典章，胥取資於法規，而法規僅能知其現行者，過去既無可考，未來更無從知，此治學從政者似不可忽視也。荆門李寄萍（飛鵬）先生，數年前有《現行人事法規沿革及釋例》之編述，於重要各法規，訂立之用意，修正之經過，皆源源本本，詳加敘述，名曰沿革，列於每一法規標目之後，條文之前，此一方法，不僅知現在，兼可知過去，由過去現在，以推知未來，其事非甚難。回憶考試院民國卅三年編印之《考銓法規集》，編首曾記載重要法規之演變，與此大體相同，而遜其詳贍。他如公私印行法規，類此者頗不多見。至於沿革之外，每一條之後，附有釋義，釋義之後，又列有釋例與事例、釋疑，朗若列眉，殊爲治事者適用之便利。嘗見院部同人中案頭常置此書，以爲工作時之參考，而於其他版本之法規，反多束之高閣，從可知其價值矣。寄萍歷考試院及考選、銓敍兩部念有餘年，所有考銓法制之規劃草擬，多出其手，一旦毅然引去，爲時既久，而於人事法規之編述，猶拳拳不已。茲又以前作已逾四年，其中因革損益之處不少，復經修訂出版，勤劬如此，彌可感念。本書刻日問世，承以弁言見屬，謹述管見所及者如此，世有知音，當不以愚言爲謬乎？

伯稼陳天錫謹序

中華民國五十年八月

(5)《現行考銓法規概要》羅序

至友李飛鵬（寄萍）先生曾任銓敍部首席參事，考選部司長、考試院參事，現任行政院參議兼法規委員會委員，文筆優長，才猷卓越，爲本人夙所欽敬。來臺以後，本其念餘年從事考銓業務之經驗，曾於民國四十六年編著《現行人事法規沿革及事例》一書並於五十年增修再版，當由本部雷前部長鄭重推介並經各級人事機構紛紛購備，認爲取材精審，解釋詳確，有裨人事工作，均非淺鮮。現以歷時數載，考銓法規，迭有增修，前編所輯，已多不適用，爰應各方函請，復加增修，並易名爲「現行考銓法規沿革及釋例」。以期切合高普考試人事行政人員考試之需要。此次修訂以後，內容較前益爲精簡，而所輯事例及釋疑更爲充實，在人事工作及人事行政考試上極具參考之價值。故於茲編發行之始，樂爲一言以爲之介。

羅萬類謹序

中華民國五十五年元月四日

(6)《萍盧憶語》洪序

寄老自敍生平作《萍盧憶語》既成，屬爲弁言，余常喜讀名人傳記，而怯爲自傳。初六十歲時，曾試訂年譜，僅敍次童年里居山川道路及家塾至大學就讀過程而止。其後投考入仕、避寇、使鄂、暨流徙、老退諸狀，邇來續筆，鑒於敍順境則嗤誇耀，談優長則譏表功，言挫拂則罪牢騷，傾肝膽則涉訕謗；禁網如鋒，誰能冒觸。況生而魯鈍，壯不如人。愛書畫而未能擅一藝，勉事功而未能守一階，慕琴瑟而未能諧一緣。老而失伴，更未能安於一家。樂少苦多，曾何足憶。夫遇之通塞有時，天之厚薄無定，人之彥聖，若已有之，己所不爲，而獨屬望於吾友寄老，郵書浸潤，幸覩其成。觀其幼志於學，堅持不撓，卒獲國立中央大學文學士學位，又未嘗以此自詡，混取教授，一可憶也。學優入仕，首掇巍科，迴翔銓選，績在方策。三十三歲已爲邑宰，六十歲歷任中樞公職，七十後方許休致。涉宦海驚濤而一帆風飽，又可憶也。孝友坦誠，廣交樂助，自尊親、師友、昆弟、以至戚族，無不週應盡誼，無毫髮憾，尤可憶也。耄壽康怡，門庭雍睦，德配倪夫人親賢偕老，子女孫曾，聚棲海外，昌和繁衍，極天倫之至樂，更大可憶也。人生百歲，爲幸幾何，逝水滔滔，賢愚同盡，達人知命，悟澈忘情，寄老於九十歲後，預製輓章，刊布親友，處分後事，秩然如將遠行。蓋深契於存順沒寧之旨，亦知憶者，被憶者，夢幻泡影，寖假漸相忘於不知憶之鄉。東坡詩云：「生前富貴，死後文章，百年瞬息萬世忙」「不如眼前一醉，是非憂樂兩都忘」。夫憶與忘，抑何差異，惟生可致用於當時，歿可遺愛於後代，乃入世所難而得天不易，此余所由致慕於寄老，觀成樂序而不容已於言也。

年寅弟黃梅洪毅任吾拜序於金陵半齋

公元一九八九年二月時年八十三

(7)洪任吾撰〈李寄萍先生行述〉

君諱飛鵬，字寄萍，湖北省荊門縣人。先世自江西吉安，於清初遷居荊門沙洋鎮。經商起家，數傳至君曾祖應泰公，始由商轉學，以同治乙丑科進士，外任安徽霍邱、宣城、合肥、阜陽等縣知縣。祖文斛公，繼承先志，以貢生入貲，歷宰安徽石埭、蕪湖、懷遠、建平等縣，後先輝映皆卓著政聲。民國建元後，文斛公解組歸里，致力地方公益事業，爲市坊信賴。每遇匪患滋擾，多得曉喻保全。父華棨公厭亂里居不仕，重振先業。抗日戰爭時，徙家居鄉，週卹鄰里，息爭濟困，盜匪感其德義，過門不犯。勝利後，被舉爲沙洋鎭商會會長，及地方建設委員會主任，安輯閭閻，一方綏集。

君幼承庭訓，明敏好學，不屑治家人生計，雖曾兩度輟學習商，然旋即負笈荆門武漢京滬間。展轉各地，數易校舍，終於一九二九年冬，畢業於國立中央大學文學院，擇讀之勤，與立志之堅，乃得爲畢生治學制行之深厚基礎。

一九三〇年，君初入銓敍部任書記，值沔陽張公難先任部長，首見君擬書札，輒爲嘉異。委充五級科員。時部方草創，屬製歷史銓敍制度表備用，編成進閱，愈加契許。張公旋改任浙江省府主席，邀與俱往，命爲民政廳科員旋遷至委任一級股長。一九三一年，考試院舉辦第一屆高等考試，君赴考獲雋，分發浙江以薦任職任用。張公即舉君出任孝豐縣長。蒞任甫數月，適二二八滬戰發生，張公以省府改組離浙，君亦蕭然引去。張公旋出任豫鄂皖三省剿匪總部監察處主任，君赴漢口奉派爲監察處上校股長，主辦懲貪除奸工作，設計緝獲積犯毒梟某伏法，江漢稱快。未幾，張公謝事離漢，君應銓敘部馬次長洪煥電召回部任秘書。自一九三三至一九四〇凡八年，一九四一年銓敘部擴大組織洊升首席參事，至一九四五又五年，綜計十三年間，爲創建銓敘制度，規劃人事法制，編訂考銓則例，推進陝甘川桂等省公務員銓審，視察各省考銓處業務，暨講授中央訓練團人事訓練班課程等重要任務，靡不殫精竭慮，奮發觀成。一九四五年因厭惡官僚部長某氏之恣睢跋扈而離部，經考試院長戴公傳賢聘任考選委員會專門委員，旋改任考選部第二司長，主管專門職業及技術人員考試，直至一九四九年政府遷臺凡四年。其間兩度主持復員軍官考試。參加歷年高普考試典襄試委員，歷受政府考成勛獎。一九五〇年，君由重慶脱險間關赴難，入臺後，奉考試院代院長鈕公永建派任院簡任秘書，繼調爲參事兼人事室主任，至一九五二年，某氏接替鈕公爲院長，君不屑降志相從，先於交替前辭職，鈕公爲之推介於行政院長陳公誠，得聘爲院參議，兼法規委員會委員。至一九六七年，凡十五年，又四度請准以踰退休年齡留任法規整理委員會研究委員兼文教組長三年。綜計凡達二十年。參與修訂整併有關教育、僑務、外交、新聞等法規，凡數百十種，至一九七〇年，方以簡任一級之相當職等退休，而君年已七十有二矣。

君學養深邃，文辭贍敏，久登郎署，無不黽勉在公，以故歷更職屬，皆深膺倚畀，尤以張公難先、鈕公永建之知遇爲隆。南都肇建，凡關銓政之制度規模，多經君之參詳致力，對於吾國吏治沿革，貫澈古今，又躬親施展。公餘嘗編撰《現行人事法規沿革及釋例》、《考銓法規概要》及《中國歷代人事制度》等專著多種行世。對於弘揚試政、推展銓法，助益彌深。

君賦性孝友坦誠，胸無私隱，廣交樂助，如己飢溺，自尊親、昆弟、戚族，以至師友，無不推誠盡誼。於師友之際，報施備至，受惠不忘而惠人不倦。舉凡業師長官、同僚知賞於君者，寸善不遺。而於貪闇恣戾，不慊於心者，亦不稍畏屈，剛鯁自強。對同儕知友，則揚善如恐不及，有爲推介以漸躋鄉貳；或惜才吸引，急難匡扶。君晚居憶往，於自撰《萍廬憶語》中，紀恩懷舊，纖悉必書，蓋淑身濟世，其性然也。

德配倪琪樹玉夫人，系出南通望族，淑慧端敏，房帷雍睦，老而彌篤。一九七七年，相偕渡美定居，有四子三女，均各學成業立。室家繁衍，內外媳、婿、孫、曾，都三十餘衆，散居臺美大陸。君體魄康強，八十後能作蠅頭細字，密行累牘，寫作不倦。九十歲猶隻身遠涉臺港，存問親故。數年前自製挽章遺告，處分身後事，秩然如將遠行。一九　年　月　日　時　分，以微疾謝世，距生於一八九九年清光緒二十五年己亥正月二十四日，終年　歲。人世代謝，乘化同歸，如君之福德哀榮，其無憾矣。

年寅弟洪毅謹述

一九九一年十月

附註：按昔人有於生前自作墓誌銘者，余今亦於生前有行述之作，惟非自始撰，而係請吾友洪任吾兄代爲之耳。洪兄爲余六十年至交，知余最深，由其執筆，必能根據事實，振筆直書，料無過情之譽。今讀其文果如所期，凡所敍述，實投我心，能於生前讀之，足慰平生，而不能不深感洪兄運筆之勞已。

第三類　詩詞

(1)周邦道兄賀六秩誕辰

寄萍年長學兄六秩大慶

媺意延年

弟周邦道拜賀

(2)陳伯稼（天錫）先生賀七秩晉七誕辰

君是大羅天上客，我爲塵濁世間人。論交可愛同冬日，攬揆還欣正好春。

著述風行沾溉溥，匡勷道在事功陳。郎曹輪轉逾三紀，頌禱休居景福臻。

敬祝

寄萍先生七秩晉七華誕

民國六十四年春三月吉辰

弟陳天錫拜賀

(3)第一屆高考同年祝八秩壽慶

早歲青雲懋事功，必傳才自折羣公。一門子弟親陶鑄，萬里鴻光遍跡踪。
結客豈如揚觶散，助人時作嫁衣工。平生積善知多少，爲祝期頤日正中。

寄萍年長八秩壽慶

第一屆高等考試全體同年恭祝

中華民國六十七年三月穀日

(4)劉紹唐先生賀八秩晉二誕辰

山水靈氣鍾楚荊，貴胄望族負盛名。知縣牧民頌賢良，爲國掄才皆精英。
椿萱並茂慶人瑞，蘭桂競秀振家聲。存仁樂善多福壽，積德子孫百世榮。

寄萍先生
樹玉夫人　八秩晉二華誕

公元一九八一年二月弟劉紹唐敬賀於美國加州

(5) 洪任吾兄賀八秩晉五誕辰

癸亥春正月恭祝

寄萍老兄八十晉五華誕之慶

雙棲仙侶鬢毛蒼，四代簪纓萃一堂。庚信文章懷楚郢，仲宣樓館住荆襄。

桃花流水溪山遠，碧海青天歲月長。莫謂丹丘無覓計，此心安處是吾鄉。

弟洪毅敬賀

(6) 周邦道兄賀八秩晉六誕辰

荀子云：「樸愨者常安利，安利者常樂易，樂易者常壽長。」

寄萍學長年兄樸愨安利樂易，具壽者相謹以爲祝

弟周邦道拜上

民國七十三年甲子春正之吉

(7)周邦道兄賀八秩晉七誕辰

日春起居於焉養壽
家多和樂自可長年

依清人姚兄之聯語略易數字敬祝

寄萍年兄學長八秩晉七之慶

中華民國七十四年己丑正月穀旦

愚弟周邦道拜賀

(8)李仲宏弟賀九秩誕辰

萍廬成庭好作家，團團兒女樂無涯。含章桑姬多爲錦，肆虐風娥也愛花。
昆弟瓊樓開玉宴，紀人碧海泛銀槎。佳音傳到家鄉後，笑指向天看月華。

遠祝

寄萍大哥
樹玉大嫂　九秩雙慶

戊辰旦春弟李仲宏拜賀於湖北荊門市

(9)沈兼士兄賀九秩誕辰

蕊榜同登幸識荊，前茅名列早蜚聲。孝豐作宰甘棠在，銓部從公俸表成。
桂馥蘭馨有餘慶，竹苞松茂祝長庚。由來仁者應多壽，克享遐齡比老彭。

恭祝
寄萍年長兄暨
德配倪夫人　九秩雙壽

弟沈兼士拜祝

中華民國七十七年元月穀旦

附註：按沈兄爲余一屆高考同年，並同服務於銓敍部及考試院先後歷十餘年，彼此相交，頗爲契合，一九八七年冬余赴港經臺時，曾歡聚暢談，臨別時，君不覺嗚咽，黯然神傷，孰知經此一別，竟成永訣，今閱賀辭，追念前情，悼傷曷已。余曾輓之以聯，以誌哀思，聯載本編〈乙 萍廬雜稿〉第二類(41)。

(10)周邦道兄賀九秩壽誕

愛菊高風 賢如陶令

猶龍道氣 壽邁伏生

寄萍年兄
樹玉賢嫂 九秩雙慶

(11)蔣勵材兄祝九秩晉一大慶

五七年前聚秣京，首開高榜共題名。交深終儐識荊願，感舊莫忘投轄情。

不惜掛冠堅傲骨，寧操詮法薄虛聲。耄齡引得春先氣，老見猶龍柏向榮。

一九八八年戊辰新正弟蔣勵材撰祝幷書

⑿李仲宏弟祝九秩晉二雙慶

院部念年勛業留，蕭然長嘯海天秋。情操梁孟承家範，文宋往來互唱酬。

處處傳歌聲不輟，綿綿福澤永不休。廣寒風動銀河淺，端盼同登花萼樓。

祝

寄萍大哥
樹玉大嫂　九秩晉二雙慶

弟　仲宏寄賀於湖北荊門市

⒀洪任吾兄賀九秩晉三誕辰

筵開九十又三辰，閱盡花叢幾代人。入世便爲賢令尹，除梟功在漢行營。

重回棘院持衡久，更上金臺擊浪平。頤壽常春奇福盛，鴻光一路到蓬瀛。

一九九一年辛未正月廿四日爲

寄翁老年長九秩晉三大慶祝詞

弟　洪毅敬撰於金陵時年八十五

⒁洪任吾兄賀九秩晉四誕辰

壬申正月恭逢

寄老尊兄九秩晉四華誕，適令郎祖榮膺選美國機械工程協會院士，清明前夕應中國科學院邀請回國作學術交流訪問至京滬杭川甘鄂各地，遊荊門原籍掃墓，欣逢雙喜，爰賦小詩爲壽。

人生耄耋亦尋常，難幸佳兒有顯表。光見勳名誇淑世，更欣篤老代還鄉。

清明時節天工巧，恩澤萍廬日月長。今歲稱觴添樂事，塵氣別悵已相忘。

公元一九九二年壬申清明後二日年愚弟洪毅撰幷書於南京時年八十六

⒂洪任吾兄祝九秩晉五雙慶

九五榮躋百歲邊，今年祝嘏勝年年。佳兒講學回中國，嬌女迎輿獻壽筵。

有險能安方是福，高齡樂伴更雙全。人生祿命皆前定，我遇仙翁亦美緣。

一九九三年癸酉二月弟洪毅撰賀於南京時八十七

⒃洪任吾兄祝九秩晉六誕辰

聞君檢輯存詩札，別夢依稀五十年。已近耄荒人俱老，猶耽述作世爭傳。
餘生歷劫皆奇幻，絕域觀潮是福仙。幾斛甘辛何日訴，愧無綺語祝華筵。

一九九四年一月吉辰弟洪毅敬賀於南京

⒄洪任吾兄祝寄老德配倪樹玉八秩華誕

寄老德配
倪樹玉年嫂夫人八十華誕之慶

㈠淑氣鍾南國，通靈出慧心，春暉隆大孝，化雨沐羣英，
創學巴山麓，留壇白下城，燈前小兒女，猶記說師門。

㈡鴻案齊眉樂，鵬程比翼親，趨衙晨問饌，理稿夜挑燈，
族里推恩頌，兒曹課讀聲，萊衣羅拜舞，瓜瓞衍長春。

㈢山舍棲鴛侶，翩翩姊妹行，樗蒲娛杵臼，豆菽聚壺觴，萍散多零落，松貞最茂昌，郵書瞻壽相，鬖髿少時裝。

㈣閱世完人少，宜家哲婦難，亂離猶福盛，慈厚得天寬，薄俗良謨貴，囂塵遠適安，仙居晉頤壽，延望捧輿還。

公元一九九〇年十月弟洪毅撰賀於南京時年八十五

⒅方清四兄賀樹玉八秩壽誕詞

奉賀倪樹玉尊嫂八秩崇壽

臨江仙

同是任賢堂上客，才華卓犖稱奇。端莊淑德冠閨闈。相夫勤課子，嘗記挹清暉。患難相隨同去國，從茲遠隔天涯。魚書不斷羡齊眉。遙箋般祝禱：雙壽越期頤。

(19) 洪任吾兄賀金婚紀念

寄萍兄
倪琪嫂 結褵五十周年誌慶

占取人間福慧奇，一堂四代擁雙棲。鵬程擊水騰飛翼，鴻案簪花映瑞琪。
華燭留輝怡白首，紅樓戲綵舞斑衣。
他年更祝金剛宴，（世稱結婚五十周年爲銀婚，六十爲金婚，七十爲金剛鑽婚）瀛海歸槎會有期。

公元一九八六年十月廿一日

弟洪毅
妹桂先梅 敬賀于南京

(20) 汪必樹、李宗瑚兄嫂賀金婚紀念

寄情寓愛五十載，樹人至德鑄典範。金玉滿堂福祿壽，禱爰人間好姻緣。

寄萍兄
樹玉嫂 伉儷金婚之喜

丙寅仲秋八月

弟汪必樹
李宗瑚敬賀

(21)仲宏弟賀祖榮膺選美國聯邦十大傑出工程師

寄萍大哥
樹玉大嫂 三子祖榮當選美國聯邦十大傑出工程師喜而敬辭以賀

平泉草木出奇葩，贏得聯邦泛美誇。麟吐玉書陳國瑞，龍從雷雨鬥春華。
精英神態炎黃冑，偉業延綿進士家。仰望衆星拱北斗，五洲四海滿天霞。

庚午夏弟仲宏敬賀於湖北荆門

(22)仲宏弟賀病後康復

一九九三年一月七日奉讀平安信，作此慰問，敬呈

飛鵬大哥留念

弟仲宏敬草

(一)風雪交加雁陣寒，讀來信悉欠平安。吉人天相機緣在，獲取回春再造丸。

(二)天留耆老壯山河，樹立勛功永不磨。家國而今沐雨露，惹人艷羨是三多。

(三)燦爛衆星拱北辰，一家骨肉樂天倫。細翻宗譜從頭數，屈指期頤第一人。

(四)遠隔重洋萬里天，無時奉侍恨緜緜。惟希玉體日康復，不盡相思付草箋。

(23)金紹先兄賀病後康復

喜聞寄萍老友康復後，食量大增，奉懷致賀。

聞君病起加餐健，喜極霑余小疾瘳，願乞仙家頤養法，老忘憂樂更忘休。

常欣盛世多耆壽，果見新猷躋小康。尚願安和能再見，不虞疏簡報書忙。

(24)聞遷居欣然有作

洪任吾

清明後八日，得　寄公賜書，知近月遷居忙阻，欣然有作。

歲首傳箋酒尚溫，書回花事過清明。一春寂歷常懷遠，萬里新籌正結鄰。

佳訊忽來紓望眼，喜心翻覺惹離情，滄江白髮能通問，也便欣然足此生。

㈩奉閱百公遺著及家庭小照賦此誌感七律二首　洪任吾

甲子四月初三日，得　寄兄自加州郵致百公遺著，家庭小照，弁惠貺兼金，賦此誌感。

㈠絲雨瀟瀟尺素書，江城春盡歷離居。盈牋絮語親如見，繞室心潮喜不除。化險呈祥千福蔭，君去冬誤跌，幸未致傷。厚施慚汗半生虛。珠團綵舞瓊枝滿，想慕華堂慶有餘。

㈡前章意猶未盡，再賡原韻。

珍重遙天一紙書，雙棲四代共仙居。層霄奮翼名前定，小字如麻興未除。奇福人間君佔盡，衰情幻變望猶虛。願留老眼河清日，及見殘編出燼餘。

㉖獲寄照片喜賦爲謝　洪任吾

一月三日得寄萍兄復書，弁惠　儷影乙幀，喜賦爲謝。

歲朝新喜報書來，儷影翩臨老眼開。傳視妻孥爭把晤，細親楮墨似詼諧。
終憐健翮棲雲海，已忘飛茵溷草萊。遠近升沉皆是客，不堪人世幾歡哀！

洪任吾

(27) 得寄翁惠書奉懷五絕四首

(一) 忽報君書至，開緘故故遲，端詳封面久，低憶望書時。
(二) 綵舞庭前滿，天涯即故鄉，幾人游海國，耄眼看滄桑。
(三) 養福能消疾，休官且泛家，不知滄海外，舊硯是生涯。
(四) 八十如新婦，調羹復浣衣，春風長不改，鵑老莫輕啼。

洪任吾
一九八九年五月七日

(28) 《廿四史大事縮編》印成感賦七律二首

(一) 歡意無多愧汗青，三年投海一編成。一九八六年冬，寄稿由美轉臺，經八七、八八、八九三年，催印校對，往返商洽，九〇年夏始成書。
暗窗風雨挑燈夜，陋室塵囂挾冊心。
笑煞癡情談古事，恥無他技悅今人。崑岡倘遇尋冰客，也抱叢殘足此生。

㈡鐵硯消磨少壯年，幾番拋卷幾流連。滄桑淘盡餘枯筆，湖海蕭然寄斷編。
世運循環千百歲，交親剩結兩三緣。漫憂市價爭朝夕，祇有孤衷識苦甜。

㉙八七生辰奉寄老兄嫂郵賜絲棉服口占爲謝

洪任吾

壬申十月奉
寄老兄嫂郵賜絲團棉服一襲口占爲謝
隆施恰正及茲辰，一領青袍萬里心。生未留芳何足壽，冬猶喜受卻常溫。
不識字人才快活，但知命處即安甯。年年貪惠無投報，只懺他生有欠情。

㉚仲宏弟懷念贈詩

李仲宏

㈠萬里雙魚寄所思，平安二字祝期頤。廣寒伴侶泛天門，正是痴心竚候時。
㈡老鳳聲清雲外飄，有勞遠道惠瓊瑤。池塘草長尋詩句，古調離騷已落潮。
萍哥琪嫂吟正存念
乙丑一百夏下浣弟仲宏拜題

(31) 寄老暨德配倪夫人頌詩

劉紹唐

天生吟雪資，春華而秋實，相夫爲文魁，教子成博識。
杏壇有佳譽，耆英留勳績，福壽兒孫昌，敬祝人瑞秋。

一九九一年望親節弟劉紹唐塡祝時年八十有五

(32) 臺灣師大白教授贈詩

從來杖國重耆勳，異域同親拜老人。金山原是修福地，不抱丹心莫問津。

庚申六月于舊金山率賦一詩爲贈

飛鵬先生方家　雅屬

香山後人白惇仁

附錄

(1) 海鹽先生挽詩

洪任吾
八三年二月

(一)鉅著傳黌舍，髫齡仰學人。早尊壇席遠，竟忝幕慶親。
泉壤思遺躅，鴻泥渺夙因。叢哀蝕一疚，浩蕩感風塵。

少時在校，即讀先生著《心理學大綱》，僅知爲北大教授，不意竟有後緣。

(二)釋褐趨曹日，溫清始識韓。駑行稱舊卷，鶴俸躐前斑。
梅雨驚靈幛，春風拂布衫。艱危知契合，遺恨在長安。

一九三六年，分發到會，初見之項，謂我考列優等，寄予厚望，命支俸百八十元，到科處女作，代擬挽銓部某科長聯，有句云：「……正是江城五月，黃梅細雨落花時。」頗邀知賞。三七年抗戰起，院設西安辦事處，先生命余從行，名單僅三四人，余以先數日離寧，不果往，知已有默契矣。

(三)橐筆從兵燹，巴山歲月多。重闈參密勿，隻字重勘磨。
顧愛稀徒侶，紆尊祝凱歌。文心融水乳，不覺困干戈。

三九年至四五年間，在渝郊歌樂山，從參試務，主案牘，皆談合無間，一字不易。嘗引余密坐，自謂左右無人。日軍投降之翌晨，先生趨封題室，執手相慶然，為其激情僅見之一次。

㈣荷命收京宅，綢繆使漢湘。別離成異國，蕭索緯寒江。耄德全隆替，奇逢負激揚。乍通終不見，滄海思茫茫。

四五年秋，派入京接收院舍，旋在渝為余提名入鄂，事前皆未相知聞，預為籌劃。四七年先生引退居滬，四八年轉臺，先後有書抵鄂，迄未相見。

一九八四年七月，周邦道兄印送洪任吾兄由南京悼念海鹽陳大齊故考選委員會委員長挽詩四首，分送在臺高考同年傳閱。茲鈔存並附註按語於次：

㈠雲海蒼茫苦別離，開減今得拜鬚眉。久承簪筆參旁記，（按洪任吾前任考選委員會簡任秘書）何忍披圖哭逝遺。惜墨如金窺判牘，臨裝有字蔭門楣。（按陳委員長曾為洪母喻太夫人遺像題字）

最憐風雨倉皇日，手札般般問所宜。

㈡服習微言嘆道同，但餘謹愼欠恢宏。（海鹽先生《八十自述》語）
並時老宿推首令，大事端嚴屬呂公。
趨步羹牆嗤畫虎，沉淪泥沼恥雕蟲。寢門桃李三千士，慚負私恩雨露濃。

㈢弱冠蓬瀛載道還，（海鹽先生於民元前九年留日，民元回國，年廿六）講堂哲理首開山。
兩京壇坫聲猶遠，萬卷丹鉛老未閑。
孔緒孟傳添述作，（任孔教會長，著有孔孟學說十數種）歐風梵雨啓愚頑。（理則學以西歐邏輯印度因明爲淵源）
因明疏註證千古，曾見推讎几硯間。

㈣哲人寓世邁常情，睿哲超然透死生。後事從容如遠適，大星出沒最分明。
期頤達德三尊俱，報國思兒一念縈。公自完歸吾亦老，荒江孤泊淚縱橫。

一九九四年元月洪穀謹記

附註：謹按，海鹽陳百年（大齊）先生於民國廿年在考試院考選委員會委員長任內，曾受聘爲第一屆高等考試典試委員，故為我之座師。具有師生之誼。卅八年我由銓敘部轉任考選委員會專門委員時又為余之直屬長官，有此兩種關係，對我提攜維護之恩德，令我沒齒難忘。其著者如卅六年我時受銓敘部長賈景德之排擠，公為和緩彼此對立，特請考試院以院令派我視察川鄂兩省公職候選人考試狀況。至卅八年我終不容於賈氏，函請他遷，公又請院長聘我為考選委員會專門委員（此職例由院長聘任）。還都前後又承兩次提名我外任考銓處長。而均為賈氏所否決（時賈以試院秘書長任處長人選審查小組召集人）。及考選委員會改制為部後，公又調我任第一處長，公之對我提攜維護，誠可謂無微不至，而於公之逝世，竟無一字之悼念，有辜師恩，愧疚曷已。今讀洪兄挽詩，益增切怛。爰附數語，藉以追懷師恩而資悼念。

(2) 唐太宗百字銘

大著肚皮休悶，老天自有安排。得開懷處且開懷，世事有成有敗。
快活我曾過了，艱難我也經來。算來由命不由乖，好歹自家忍耐。
和氣立身之本，剛強惹禍之胎。不爭不鬭是賢才，虧我些兒何害？

鈍斧砍石也破，利刀割水難開。試問古往與今來，多少英雄安在。

乙丑秋侯若愚書贈於聖荷西市

寄萍兄
玉樹嫂　雅賞

附註：按在我未見此銘前，遇有拂逆之事，每氣憤塡膺累日不消。及經侯兄書贈之唐太宗百字銘後，則對拂逆之來，念及「不爭不鬥是賢才，虧我些兒何害」，則又爲之心平氣和矣，因附錄於此，冀與讀者共以爲座右銘。

(3) 國立中央大學校歌

童世芬抄贈

維襟江而枕海兮，金陵宅其中。陟升皇以臨睨兮，此實爲天府之雄。煥哉郁郁兮，文所鍾。宏我黌舍兮，甲於南東。干戈永戢，弦誦斯崇。百年樹人，鬱鬱葱葱。廣博易良兮，吳之風。以此爲教兮，四方來同。

附註：右爲國立中央大學校歌，係文學院長汪旭初（東）先生所作。歌詞激昂壯麗，扣人心弦。余離校數十年，已泰半忘之矣。今偶於同學童世芬兄處見之，喜而抄刊於〈綸音〉「附錄」中，藉自欣賞，並以紀念我永離之國立中央大學。

乙　萍廬雜稿

第一類　文稿

⑴清代科舉制度中之秀才舉人進士與五貢及科場之二大弊案

我國自隋唐以來，即以科舉取士，清承明制，科舉更加嚴謹，冀於此中選拔及儲備人才，以爲國用。故清代得人最盛。按科舉之正規考試，可分爲童試、鄉試及會試三級。但亦有以殿試爲一級，而成爲四級者。實則會試中式者，僅稱貢士，然後參加殿試。經皇上欽定三甲分別賜以進士及第，進士出身，及同進士出身後，始完成進士之資格。因此在程序上，應視會試、殿試爲一級考試之兩階段。故實際仍爲三級考試，及格者，即所謂秀才、舉人、進士，此爲國家之正規考試，而總稱之爲科舉。士人之由科舉出身者，視爲正途，由此登錄仕版，效力國家。除由正途出身之秀才、舉人、進士三者外，又有所謂拔貢、優貢、副貢、恩貢、歲貢等五貢。約相當於現今之特種考試及格人員，因其名不常見，故人多不知其由來，而有擾人心目之感。茲特就上列各名稱之由來，及其所經歷之考試，略加闡述，以就正於讀者諸君。

㈠童試與秀才：知識份子爲求仕進，首須參加科舉之初級考試，即所謂「童試」，中式者稱爲秀才，始有應鄉試之資格。成爲舉人後，再參加會試及殿試而成進士，從此進入仕途。故「童試」爲入仕之發軔，在科舉中爲重要之一環。

⑴舉行年次：童試俗稱小考，每三年舉行兩次。故有「三年兩頭考」之稱。應試考生稱爲「童生」或稱「儒童」。

⑵應考年齡及限制：幼童在十四歲以下及白頭老翁皆可應考。如屢試不中，直到白頭，仍稱童生。但皂隸優娼及其子弟不得與考。

⑶考試三階段：童試先後須經過三階段，即縣考、府考，及院考，循此漸進，分段淘汰，最後中式之幸運者，方得進學，稱爲秀才。

⑷三段考試之主試：縣、府考由知縣、知府分別主試，院考由欽命之學政主試。

⑸縣考場次及錄取人數：縣考，四場或五場，甚至六、七場，由縣官決定。每場一天，即日交卷，放榜一次。第一場爲正場，錄取從寬。錄取者可應府考。以下各場，考生是否續考，聽其自願。惟第一場未取者，不得考第二場。經過每場淘汰，至末場，取錄人數，爲應取秀才名額之二倍。錄取之第一名稱「案首」。非有重大事故，院考時照例錄取，穩得秀才。前十名謂之「縣前十」。

府考時，提坐堂號，即下一考試時，設坐於大堂上，靠近主考，以示優遇之意。

(6)府考場次及錄取人數：府考四場或五場，亦由主考者決定。最後錄取人數，爲應取秀才名額之一倍。

(7)院考場次及錄取之秀才：院考兩場，聘請遠地書院山長（即首長）或五百里外之專家評閱試卷。庽有迴避遠嫌之意。第一場錄取人數，爲應取秀才名額之一倍。第二場複考完畢，錄取者，即所謂秀才。府、院考第一名亦同稱「案首」。所以有此稱謂者，因學政分期案臨各府及直隸州、廳主持考試。揭曉考試結果，稱「發案」，是以縣、府、院考試揭曉之第一名皆同一稱謂。

(8)院考揭曉分發入學：院考揭曉後，學政即訂期召集新秀才，隆重舉行簪花禮，（相當現今之考試及格授憑典禮）將各府、州、縣中式名列前茅者，分發到府，由知府送入府學，是爲府學生員。分發原縣者，由縣官送入縣學，是爲縣學生員。因生員須附學宮讀書，故又稱「附生」。學宮即庠序，稱爲邑庠。故秀才又稱爲「邑庠生」。他人推崇秀才，則稱之「茂才」或「諸生」。秀才對官署，則自稱「附生」、「生員」或「文生」。

(9)錄取名額：各州、縣錄取秀才名額，多視人口田賦乃至文風盛衰而定。多則三、四十名，少則數名。倘州、縣中有捐獻國家，則可酌增名額。

⑽歲考及其黜陟：中式的秀才，在社會中雖稍有名望，但仍不能直接取得官職，進入仕途，只能爲塾師，教授生徒。且須參加進學之次年，由學政舉行之歲考，藉以督導其學業，俾使上進，以免荒怠。同時參加歲考者，視其成績，分爲六等。一、二等爲優等，三、四等爲平等及格，五等以下，則有革除科名（秀才）之虞。考列一等之秀才，可補「增生」（明初，凡在學生員，皆給廩食，有一定額數，後許增廣如廩生之數。清沿明制，謂之增廣生，簡稱增生）再由「增生」可進補「廩生」。考列二等者，雖仍補「增生」，但停發俸米。廩即倉廩之義，故廩生又稱「廩膳生」。每年領有俸米折合之銀兩，以維生計。又廩生可爲童生考試作保，以博取謝金。滿十年歲考一等者，可陞歲貢，或逕自考取拔貢、優貢、副貢或陞恩貢。凡此皆廩生所具有之特有權利也。

⑾秀才與監生及其分類：監生爲秀才層次中之另一類名稱。國子監爲國家之最高學府。入監求學之生員，稱爲監生，又稱太學生、國學生。監生又依其入監之途徑，可分爲四類：①優監——係各省學政於任滿前，選拔未補之附生，保送入監者。②恩監——係聖賢後裔及八旗漢文官學生，考取入監者。③蔭監——文官之京官四品，外官三品以上，武官二品以上，蔭一子入監。又殉難之文武官，不分品級高下，均得蔭一子入監。④例監——清季有納資捐監爲取得參加鄉試資格，或爲求入仕途，從監生捐起，逐漸上捐，至所希望之品級。在此四監中，以納資爲終南捷徑之例監爲最濫。清政之日趨腐敗，即由於此。秀才爲科舉中之初級考試之中式者，一般學子，非循此無由上進，而獵取青紫。故所有知識份子，無不競相爭取，雖至頭童齒豁，而猶不自已也。

㈡鄉試與舉人：鄉試爲科舉中之第二級考試，因係在各省舉行，故稱鄉試。又因考期定在八月，故又稱「秋闈」。秀才參加鄉試中式者乃稱舉人。

⑴考試舉行與停辦：鄉試每三年舉行一次。逢子、卯、午、酉年舉行者爲正科。

如遇國家慶典而加考的一科，則爲恩科。又凡遇國家大喪亂，亦得停科，但可補辦。

⑵舉行前之科考：鄉試舉行前由學政主持之甄別考試，謂之科考。凡准參加科考之秀才，必先已經過歲考，否則不得與考。科考列入一、二等以及三等之前三名，始得參加鄉試。其因故未及參加科考，及已考而列入三等者，於鄉試前一個月得補考一次。

⑶舉行之場次：鄉試共考三場。每場三天。八月初九日至十一日爲第一場。十二日至十四日爲第二場。十五日至十七日爲第三場。三場考生之號舍皆不相同，食宿自理，皆在其中。因號舍湫隘狹窄，身處其中，極感困苦。

⑷每場之試題：第一場考八股文三篇，內《論語》、《孟子》各一題，《大學》、《中庸》一題。五言八韻試帖詩一首。第二場考五經題三篇。每篇以七百字爲準。第三場考對策五道，每道不得超過五百字。清末廢八股，改試策論。第一場五篇史論。第二場五篇時務對策。第三場四書二篇及經義一篇，每篇不得超過八百字，但亦不得少於三百字。

(5)欽派主考及其關防：鄉試由各省督撫主持試務，稱爲監臨部院。試題及閱卷，由正副主考二人負責。主考必須翰林出身。大省區多由侍郎充任，由皇上欽派。以距京師路程遠近，定先後啓程及到達日期。一俟上諭頒發，儘速啓程，沿途不得接見官員及親友。及到達後，雖督撫相見，亦不得交談。進駐行轅後，由督撫封門，至考試入闈，方得啓封，以示關防嚴密，杜絕請託及舞弊之嫌。

(6)房官之選派及入闈：評閱試卷爲同考官或稱房官，俗稱房師。考試前由督撫就本省進士出身之現任州、縣官，擇優選派名曰「調廉」或稱「廉差」。其房數多至十八房，少則八、九房，視考生多寡而定。主考、同考官及有關試務人員，於考試時一律入闈，考竣始出。

(7)放榜期限：放榜期限，初定大省九月初五前。中小省八月底。光緒十三年以後，寬限日期，改定大省九月廿五日，中小省各爲九月初十日及初五日。因放榜多在寅日或辰日。而寅日屬龍，辰屬虎，故稱爲「龍虎榜」。放榜之時，正值桂花盛開季節，故又稱爲「桂榜」。

⑻中式者之稱謂：鄉試第一名稱解元。第二名亞元。前五名統稱經魁。第六名稱亞魁。其餘中式舉人，世稱孝廉。

⑼鹿鳴宴之舉行：鄉試放榜之次日，設「鹿鳴宴」，主考、監臨、學政及內外房官參加與宴，主考、監臨及學政先行謝恩禮，再由新科舉人謁見主考、監臨、學政及內外房官後，須給主考、監臨等官金銀花、杯盤、綢緞等物，並發給新科舉人頂帶衣帽，然後入席開宴、歌〈鹿鳴〉詩，跳魁星舞，歌舞完畢，與宴者便一哄而起，無復拘束。於是舉人中式之禮，遂告完成。

⑽籍貫之限制：鄉試非本省人不得參加，否則以冒籍處罰。但在京師舉行之順天（直隸省）鄉試各省生員，均可應考。惟先須取得本籍官員之認可，方得應試。但第一名解元，必須爲直隸省籍。第二名南元，則由各省籍中，參加中式之舉人選充，相當於保障名額。

⑾正榜與副榜：鄉試正榜額滿，爲免遺珠，正榜之外，再錄取文卷較優者爲副榜。其名額以五名正榜，取一名副榜之比例爲準。副榜不能參加會試，但仍可參加以後舉行之鄉試。

⑿舉人大挑：舉人參加三次會試，如仍不中，不准再考。但可應六年一次之舉人大挑。如願參加大挑之舉人，須赴吏部候選。屆期由欽派親貴王大臣十二人，面對挑選，免除筆試。大體重相貌、氣度、應對，一等者分發各省，以知縣任用。二等以教諭或直隸州判任用，由挑中者自選。故大挑專爲不願或不能參加會試之舉人所闢之另一入仕途徑，而使野無遺才之嘆。

㈢會試、殿試與進士：舉人欲成進士，須經過會試與殿試。會試與殿試爲科舉制度中第三級考試，亦爲最高及最後之一次考試。

⑴會試舉行之年限：會試由禮部主辦，故稱爲「禮闈」。每三年舉行一次，逢丑、辰、未、戌之年春季舉行，故又稱「春闈」。

⑵體恤參加會試之舉人：清代爲便利各省來京參與會試之舉人，因襲漢代公車之例，(按漢代用公家車馬接送應考學子，後世便以「公車」爲舉人上京應試的代稱)規定由官府供應車船，以示體恤，後因供應車船，諸多不便，改爲按照路程遠近，發給旅費，以免雇用車船之煩。

⑶會試前磨勘與覆試：清代舉人在參加禮闈會試之前，還須經過磨勘與覆試。

磨勘是朝廷對各省鄉試進行檢查的措施。其目的在「防弊竇、正文風」。磨勘時「首嚴弊倖、次簡瑕疵」從應考人的試卷，以至考試的每一環節，均在磨勘範圍之內，如發現違規情事，即嚴加懲處。清初鄉試後，並不舉行覆試。順治十四年，江南、順天鄉試，卻發生考官受賄徇私事件，物議沸騰。聞於京師，順治震怒。敕部嚴加覆試。以春雨詩五十韻命題黜落舉人卅餘名，主考房官廿二人刑於市。考試頹風，為之一振。全國士子無不稱快。至康熙卅八年順天鄉試發榜之後，議論紛紛，咸認順天鄉試不公。於是康熙頒發上諭，令將所取舉人，全部齊集聚內廷進行複試，並派重臣侍衞，嚴加監督。評閱時分列四等。三等以上者准予會試。四等者黜革。其後日久玩生，覆試舉行已不似以前之謹嚴。至光緒末年，雖亦照例舉行，但覆試結果已無關得失。其有因故未及參加會試前覆試者，並准予會試後補行覆試，則已流於形式矣。

(4)舉行之期日：會試期日，清初定為二月。雍正五年，因春季閏月，二月天氣仍是寒冷，故改為三月入場。乾隆二年秋季逢閏，此季恩科亦改期三月。乾隆十年以後，將會試改為三月，遂成定制。

(5)欽派會試主考官：會試主考官一人，稱大總裁，由大學士（宰相）充任。副總裁三人，由一、二品大臣選充。評閱試卷之同考官十八人，稱爲十八房。以上人員，均須爲翰林出身，由皇上欽派。

(6)會試之場次及中式之名額：會試考三場九天，中式名額約爲三百名，最少時爲乾隆五十八年癸丑科，只取八十一名。乾隆以後核定各省應考舉人實數，以及省區大小分配名額。

(7)會試放榜日期及程序：會試放榜日期，清初無明確的規定。乾隆十年以後，始定爲四月十五日內。放榜前一天，禮部題請皇上於禮部尚書侍郎中選派一鈐榜大臣，同禮部選派的滿漢司官各一員，護送禮部堂印入場。塡榜鈐印後，將榜卷置案上，考官身穿朝服，向榜行禮，稱爲「拜榜」。旋由鈐榜大臣護送榜文到禮部門外張掛，放榜程序遂告完成。因此時正是杏花開放時節，故稱之爲「杏榜」。

(8)會試中式者之稱謂：會試中式者，稱「貢生」，寓有貢獻皇上選拔之意。第一名稱爲「會元」，前十名統稱「元魁」。

(9)殿試舉行日期及地點：會試以後，舉行殿試，又稱「廷試」。定於四月廿一日舉行，由皇上親自主持。殿試初在天安門外，後經禮部以「臨軒策士，大典攸關」奏准改在太和殿前丹墀考試。如遇風雨，則在太和殿的東西兩廡。後又改在保和殿內舉行。

(10)參加殿試之資格：參加殿試的資格有下列四種：一爲當年會試中式的貢生。二爲本科以前會試中式的貢生，因病或因事及丁憂，未能參與當年殿試者。三爲本科以前會試中式的貢生，因案受罰，不准參與當年殿試者。四爲官員或大臣的子孫，已具舉人資格，屢經會試不中，奉欽命特准參加殿試者。在此四種資格，一、二兩種，事屬當然，三、四兩種，則爲例外。

(11)欽定殿試三鼎甲及放榜儀式：順治十五年規定，殿試後第三天早晨，皇上在中和殿聽讀卷大臣讀卷，並規定一甲第一、第二、第三名。但後來讀卷不再舉行，經由主考官，將十名試卷進呈，隨即傳呼前十名引見皇上，是謂「小傳臚」。當由皇上親定名次後，由讀卷大臣將原卷捧至紅本房，將前三卷塡寫一甲第幾名。後七卷塡寫二甲第幾名。隨至內閣，將其餘各卷，依次書寫。

拆彌封後，交填榜官填榜。榜用黃紙，稱爲「金榜」。金榜有大小之分，中書八人，分寫大小金榜。小金榜交奏事處進呈御覽，大金榜由內閣學士捧至乾清宮鈐蓋「皇帝之寶」。於傳臚日張掛。中第一甲第一名稱狀元，第二名稱榜眼，第三名稱探花。所謂三鼎甲：第一甲賜進士及第，第二甲賜進士出身，第三甲賜同進士出身。所有金榜，於東長安門外張掛三天後，即繳存內閣。前代士人，能得到「金榜題名」，視爲人生無上光榮與一大樂事。

(12)舉行傳臚大典：殿試於放榜之前，舉行所謂「傳臚」大典，「傳臚」日，全體貢生，由禮部尚書，引見皇上，即由二甲第一名亦即金榜之第四名進士行唱名，世稱「大傳臚」，又稱「臚唱」。所謂「金殿傳臚第一聲」是也。

(13)傳臚後第三天，賜宴新進士於禮部，稱爲「恩榮宴」。因宋朝太平興國八年，賜新進士宴於瓊林苑，故又稱「瓊林宴」。

(14)新進士入館修學後派任官職：殿試放榜後，名列一甲第一名的狀元，即授職翰林院修撰（秩從六品）。第二名榜眼與第三名探花，則授職翰林院編修（秩正七品）。一甲三名，及二、三甲的新科進士，均須經朝考選入庶常館，進修三年後散館。所不同者，即一甲三名，係實缺官，帶職受訓，其他選入庶常館的進士，則係學習性質，稱庶吉士，食從七品俸。凡經朝考選入庶常館的進士，則可稱爲翰林。彼等被選中時，例須由皇上用朱筆加點於姓名上，故有欽點翰林之說。庶吉士在庶常館進修期滿，(三年) 予以考試，然後散館，即予任用。任用的標準，大致視在館考試成績而定。成績優良而殿試名列二甲者，一律授翰林院編修。殿試名列三甲者，則授翰林院檢討 (秩從七品)。其成績較次者，則分發六部，充任主事 (秩正六品)。再次者，則交吏部籤分各省，以知縣任用 (秩正七品)。遇缺即補，俗稱老虎班。

㈣清代狀元：據陳夔龍《蕉亭雜記》載：「國家龍興遼瀋，定鼎燕京，援照明制，特開科舉，以繫人心，而光國典，順治丙戌會試，爲開國第一科，選山東聊城傅君以潮爲狀元。由丙戌截至光緒甲辰廢科舉之日止，計共會試一百十三科，狀元共一百十三人……至由狀元登揆席。所謂狀元宰相者，有清一代，僅得一十四人，在清代狀元中，曾出過滿、蒙二狀元。順治九年壬辰科殿試分滿、蒙兩榜：蒙古歸滿榜，漢軍歸漢榜。滿狀元爲麻勒吉。同治四年乙丑科以蒙古崇綺爲狀元。又按光緒三十年甲辰恩科，是我國科舉史上最後一次考試。至此我國自隋唐開科取士以來，一千三百餘年之科舉制度，遂告終止。甲辰恩科狀元爲直隸（今河北）劉春霖，故劉爲「末代狀元」，劉不只爲清代最後一位狀元，而且是我國科舉史上最後一位狀元。因此劉春霖曾自稱是「第一人中最後人」。則亦足以自豪矣。

㈤歷代科舉中之三元：科舉時代，鄉試第一名稱「解元」，會試第一名稱「會元」，殿試第一名稱「狀元」。一個士子，在科舉場中三次考試，連續或間斷中過「三元」者，謂爲「連中三元」。曾有人統計：自唐初以至清末，在一千三百餘年科舉史中，連中三元者，共有十三人：計唐二人、宋六人、元二人、明一人、清二人。按清乾隆辛丑年得「三元」錢棨，清高宗特賦五律誌慶。至嘉慶庚辰年，又得「三元」陳繼昌，仁宗即依高宗原韻，賦詩誌慶。有句云：「大清八百載，景運兩三元」一時稱爲盛事。蓋連中三元，不但爲個人崇高之榮譽，抑亦國家祥瑞之象徵。連中三元，雖有至高無上之光榮，但並非每人都有德行、功業傳諸後世，故歷史上連中三元的十三人中，只有宋之王曾，明之商輅二人，能名留後世，其餘則鮮爲人知矣。

㈥五貢：在秀才層次中，有所謂貢生者。因由秀才中選拔其優秀份子，貢獻於京師，故稱貢生。按貢生之名目，計分爲五類：即一爲拔貢，二爲優貢，三爲副貢，四爲恩貢，五爲歲貢，統稱爲五貢，茲分述如左：

⑴拔貢：又稱「拔貢生」，由每省學政於歲考後，每逢「酉」年，亦即十二年舉行拔貢考試一次，此項考試，極爲嚴格，每次考試舉行兩場，錄取名額，爲縣學一名、府學二名，再會同該省督撫，舉行複試後，將原試卷封送禮部勘察。次年五月赴京，先經禮部考試，錄取者再入宮參加朝考。考取一等者，授七品小京官，分部學習，三年期滿，升六品主事，二等者，以知縣分發各省候用。三等者授直隸州州判或教諭。

⑵優貢：又稱「優貢生」，各省學政於三年任滿前，例命各府州縣官保舉所屬品學兼優之廩生若干名，會同各該省督撫考選。錄取名額：大省區六名，中省區四名，小省區二名。次年送京參加禮部考試及朝考。考取一等者，授知縣，二等者，授教員。

以上拔貢、優貢兩種考試，爲童試、鄉試、會試外之特種考試。

(3)副貢：乃鄉試舉人考卷中之微有瑕疵，或因額滿見遺，列入副榜之「生員」又稱「副貢」，或「副貢生」，既不參加朝考，亦不授予官職，更無參加會試之資格，只是一種榮譽而已。

(4)恩貢：又名「恩貢生」，遇有國家慶典，或登極詔書以本歲當貢者，（即廩生於是年陞歲貢）爲恩貢，無朝考，不授職。

(5)歲貢：各府州縣的廩生滿十年，歲考一等者，由各該省學政，每歲或數歲選一、二名貢於京師，入國子監肄業者，稱爲「歲貢」或「歲貢生」，其無朝考與不授職與恩貢同。

以上五貢，皆屬正途出身，他人均以「明經」稱之以示推崇之意。

上文撰竟，偶於報刊中發現趙掄元君所撰〈清代科舉弊案述要〉一文，以其所述科場故實頗多雋永可資談助，且爲清代科舉制度中一大弊害，與本文不無關係，遂取以錄後，以供省覽。

清朝承襲明制，開科取士，爲讀書人仕進的正途。所謂「十年寒窗無人問，一舉成名天下知」，即令是落拓無依的寒士，一旦金榜題名，立即身價百倍，要錢有錢，要人有人，眞個是頤指氣使，榮宗耀祖。利之所在，群相趨之，但粥少僧多，大家都擠這個窄門，競爭的劇烈，較之今日的大專聯考，又甚萬倍；正面競爭不獲，寖漸則投機取巧、悾說賣放等弊端，應運而生，諸如槍手頂替、嵌字暗號等，層出不窮；加以衡文論藝，并無客觀標準，考官取捨，實亦難定其絕對優劣，故有「場中莫論文」、「只求中試官，不須中天下」以及「一命二運三風水四積陰功五讀書」等諺語；因而金榜題名之人，并非全爲智能之士。清朝政府堅持科舉舊制，只求弊絕風清，以殺一儆百的手段，期能嚇阻弊端的發生，以致造成了許多冤獄，而無補於掄才大典的改善。自順治三年丙戌至光緒卅年甲辰，鄉試會試，各舉行一百一十二科，大大小小的科舉弊案，也就隨之接踵而來，其中以順治十四年丁酉案及咸豐八年戊午案，最爲嚴重，特分陳如後。

㈠丁酉案：首先案發的是順天府北闈科場案，因爲考官李振鄴、張我樸等公開貪贓受賄，京官三品以上的子弟無一不取；但也有人送了銀錢沒有取中，心中不服，投狀喊冤。順治皇帝於十月廿七日下旨：「李振鄴、張我樸、蔡元禧、陸貽吉、項紹芬以及舉人田耜、鄔作霖俱著立斬，家產籍沒，父母兄弟妻子俱徙尚陽堡」。十一月十一日順治皇帝又諭禮部：「今年順天鄉試，榜發之後，物議沸騰，同考官李振鄴等，中式舉人田耜等，賄賂關節，已經審實正法。其餘中式各卷，豈皆文理平通，儘無情弊？爾部即將順天鄉試中式舉人，速傳來京，候朕親行復試，不許遲延規避。」復試的時間和題目，全部由順治皇帝欽定。順治十五年正月十七日，在太和門復試，士子們在八旗親兵的監押之下，進入考場，接受皇帝親試，廿五日宣布結果，除革去蘇洪璿等八人的舉人外，米漢雯等一百八十二名仍准會試。四月廿三日順治皇帝在太和門親審其餘各犯，把應處死的廿五人痛加申斥以後，「俱從寬免死，各責四十大板，流徙尚陽堡。」順治皇帝又特別強調：「自今以後，凡考官士子，須當恪遵功令，痛改積習，持廉秉公，……如再有犯此等情罪者，必不姑宥。」順治十四年十一月廿四日，給事中陰應節參奏：「江南主考方猶等弊竇多端，……物議沸騰。」由於順治皇帝處置「北闈」鄉試科場案的怒氣未消，聽到這個消息，更是火上加油，怒不可遏，立即傳旨：「方猶等經朕面諭，尙敢如此，殊屬可惡，方猶、錢開宗幷同考試官，俱著革職。」並且下令派總督郎廷佐淸查此案。

丁酉科江南鄉試，正主考是翰林院侍講方猶，副主考是翰林院檢討錢開宗。放榜以後，雖然得中的多是江南名士，但也有不少是賄賂考官而中的。因而兩江士議譁然。落榜的士子們群集在貢院門前，有人還貼了一副對聯：「孔方主試付錢神（指正副主考方猶、錢開宗），題義先分富與貧（科題取《論語》中『貧而無諂』一詞）。」並且將門上「貢院」兩字的「貢」字中間加了個「四」字，改成「賣」字；「院」字用紙貼去耳旁，變成「完」字，「貢院」變成了「賣完」。其時，江寧書坊裡還刻了一部傳奇，叫《萬金記》，以「方」字去頭爲「万」（萬的簡寫字），「錢」字去戔旁爲「金」字，指的就是兩位主考官。長洲尤西堂侗又作了一部傳奇名《鈞天樂》，也是講科考行賄買通關節之事。《鈞天樂》這本書一直流傳到京師，鬧得滿城風雨。順治十五年二月，皇帝在瀛臺親試該科江南舉子，和上次親試相同，每個舉人都身帶刑具，由護軍營的軍校持刀監視，戒備森嚴。親試結果，吳珂鳴文列第一，當了解元。他的文章寫得確實不錯，其中「不爲朝廷不甚愛惜之官，亦不受鄉黨無足輕重之譽」句，一時爲人所傳誦，都說他有宰相風度。據《池北偶談》說：順治皇帝對吳珂鳴大加讚賞，特賜他進士及第。同時也有廿四人詞句欠順，罰停會試，十四人文理不通，革去舉人，八名乖張悖逆，流徙充軍。皇帝諭批：「方猶、錢開宗俱著即正法，妻子家產，籍沒入官；葉楚槐等十八名同考官處絞刑，妻子家奴，籍沒入官；方章鉞、吳兆騫等八名考生，俱著責四十板，家產籍沒入官，連同父母妻子，流徙寧古塔。」

在這次科場獄案中，吳兆騫交白卷一事，更爲轟動。吳兆騫爲江南名士，號漢槎，江蘇吳江人，大家都認爲他的文章「驚才絕豔」，而這次皇帝親試，他卻交了白卷。有人說他是驚魂未定，提筆忘字；也有人說他是恃才傲物，故意賣弄。其實，是吳兆騫看到當時如同刑場的景象，感慨萬端，把筆一扔，說：「焉有吳兆騫以一舉人而行賄之理？」觸怒了皇帝，被發配充軍。臨行時，在京好友顧貞觀、徐乾學、吳梅村等人，都來給他送行。吳梅村還作了一首長詩〈悲歌贈吳季子〉送他上路。後來康熙十五年，顧貞觀在當朝太傅明珠家裡教書，和明珠的長子納蘭性德關係很好，顧貞觀託納蘭性德在他父親面前爲吳說情，納蘭性德聽了吳兆騫的遣戍經過，很是感動，慨然允予伺機進言。吳兆騫和顧貞觀經常以詞代書，互通音問，其中吳兆騫的〈寄顧舍人書〉最爲感人：「嗟乎，此札南飛，此身北滯，夜闌秉燭，恐還無期，惟願尺素時通，以當把臂，唱酬萬里，敢墜斯言。」把一股悲憤慷慨的生離死別之情，抒發得淋漓盡致。顧貞觀回寄的〈金縷曲〉，也寫得情深意濃：「比似紅顏多薄命，更不如今還有；只絕塞苦寒難受。廿載包胥承一諾，盼烏頭馬角終相救。置此札，君懷袖。」讀之令人迴腸盪氣，催人淚下。這時，康熙皇帝派人去祭長白山，吳兆騫寫了一篇〈祭長白山賦〉，獻給皇帝，康熙一閱，文詞華美，確是才氣過人。吳兆騫的好友，大學士徐乾學趁機倡議捐錢，把吳兆騫贖回來，徐乾學官居顯赫，又和當朝太傅明珠同是一黨，自然一呼百應，終於康熙廿年吳兆騫奉召賜還。他在塞外度過了廿三年，夜夜夢想家鄉的情景成了現實。他在東北生的兒子吳振臣已經十七歲。吳振臣在他的〈寧古塔紀略〉中記述了下面的情景：「與親友相聚，執手痛哭，眞如再生也。流人復歸本土，玉門之關旣入，才子之名大振。」

吳兆騫獲釋回京，輦下名流紛紛給他接風洗塵，日日歡宴；可惜樂極生悲，吳兆騫不久即病逝京城，享年五十四歲，到底未能回歸故鄉。

(二)戊午案：咸豐八年，戊午科順天府鄉試，由於監考官員內訌，謠言說貢院中出現了不祥的大頭鬼，鬧得人心惶惶。發榜以後，有人告發，說在中式的前十名中，有位旗下大爺平齡，曾經粉墨出場登臺演戲。所以「京師議論大譁，謂優伶亦得中高魁矣（清朝規定優伶不得應試）！」因而御史孟傳金上疏彈劾，事情就愈鬧愈大。順天鄉試的考場設在京師的貢院，主考官是軍機大臣、內閣大學士柏葰，副考官是戶部尚書朱鳳標、左都御史程庭桂。咸豐皇帝對此案很是重視，指派怡親王載垣、鄭親王端華、吏部尚書陳孚恩等查辦。凡有牽連的考官，先都解職聽候查辦。這些查辦大員們多「與柏葰不相能，欲藉此興大獄以樹威」。陳孚恩在查案尚未宣布以前，先找程庭桂，拐彎抹角地提到科場內的情況；程庭桂是個老實人，以爲陳孚恩是無意中提到開後門遞條子的事（咸豐初年，條子之風盛行，大庭廣衆之中不以爲諱。敏給者常致勝，樸訥者常失利。更有無恥之徒，在條子上還加上三圈、五圈，如果獲中，三圈就贈三百金，五圈就贈五百金，已是公開的祕密），就老實說道：「這也不足爲怪，光我收到的條子就不下一百條。」於是陳孚恩就把條子借去，說帶回家中觀看，回到家中查看條子，發現程庭桂次子程炳秀以及陳孚恩自己的兒子陳景彥也都牽連在內，陳孚恩先把涉及他兒子的條子銷毀滅跡，即以其餘條子爲證物，呈報皇帝，陳明「因此案情節甚多，非革職逮問，不能徹究。」於是柏葰、朱鳳標、程庭桂等都被革職下獄；柏葰的門丁也被追捕歸案，死在獄中。其實本案柏葰本人並不十分知情，也沒有納賄的實證，「若僅失察之罪，不過褫職而已」。問題在於柏葰自登樞府，就與另一軍機大臣肅順不和（肅順是鄭親王端華之弟，幹練跋扈，爲當時軍機大臣的靈魂，頗得咸豐皇帝的寵信），因而此案中夾有私仇舊恨，隱含派系之爭。雖然咸豐皇帝也覺得柏葰老成宿望，有矜全之意；但肅順等力言「取士大典，關係至重，亟宜執法，以懲積習」。這樣一來，咸豐皇帝雖然心猶不忍，也沒有辦法成全。咸豐九年二月下諭：「情雖可原，法難寬宥，言念及此，不禁垂淚！」終於，柏葰和同考官浦安、中式舉人平齡、羅鴻譯、主事李鶴齡、程庭桂的長子程炳采等，被綁赴菜市口，準備開刀問斬。程庭桂發往軍臺效力，朱鳳標革職，其餘受株連而褫、革、降、調者數十人。

清代凡一品大員臨決之日，多加赦免，改斬爲戍，這也是清朝自立國之初就沿習下來的慣例。因而柏葰也自以爲到時候皇上一定會刀下留人，赦免死罪的；所以他已打點好行裝，準備聖諭一到，立可起解登程。忽然看到刑部尚書趙光捧諭涕泣而至，方知不免一死，他嘆息說道：「是必肅順弄權，吾其休乎！」程炳采也大哭說：「我爲陳孚恩所紿，代弟到案，以至於此，陳孚恩諂媚權奸，吾在冥間當觀其結局也。」清代因科舉案殺軍機大臣兼大學士，此爲開國以來第一次。所以當市民看到年逾花甲的柏中堂，望闕謝恩，引頸就戮的神情，無不爲之揮淚。

有清一代，對科舉制度，不思內容的充實，不求技術的改進，一味用高壓手段，削足適履，造成了許多含冤莫辯的屈枉事件。光緒廿四年，光緒皇帝變法維新，原擬廢科舉興學校，可惜僅只百日，守舊的慈禧太后重掌政權，一切恢復舊制。但大勢所趨，無可遏止，慈禧太后終於光緒卅一年明令廢除了科舉制度。

(2)中國考政學會之特質與五十周年之回顧

筆者平生只參加三個社團，那就是基於鄉情的湖北同鄉會，由於學誼的中大同學會，以及與出身及職務有關的中國考政學會。三者之中，以中國考政學會（以下簡稱本會）的關係最爲密切。今接本會通函，民國七十三年適爲本會成立五十周年大慶，擬於七十四年六月編印專刊，特爲徵文，以資紀念。筆者以身處海外，談古則無典籍可資參考；說今則以昧於時制，難免隔靴搔癢；無已，爰就「本會具有之特質與五十周年之回顧」爲題，略抒管見，以就正於諸公，並爲本會大衍周慶壽。

一、本會具有之特質

依本會現行章程第六條之規定，雖有基本會員與贊助會員之分，但佔絕大多數之基本會員，其入會資格須以公務人員與專門職業及技術人員考試及格者爲條件。與一般學術團體只要有興趣或志願即可入會，而不必具有積極資格者，似有不同，此本會具有之特質一。本會會員既以國家各種類考試及格人員爲基幹，因此，每舉行一次考試，其及格人員即成爲本會之基本會員。從而隨每年各種類考試之舉行而無限度的增加。根據本會六十九年五月編印之五百餘面會員錄，其中經登記之會員即達一萬三千餘人，再加近四年來入會之考試及格人員，總數當已超過二萬。此二萬之基本會員，不但遍佈於中央及地方機關各階層，即社會各行業中，亦無不有其蹤跡之存在。此本會會員之衆多與就業之廣泛，迥非其他學術團體所可幾及而爲本會具有之特質二。再依本會現行章程第二條之規定：「本會以研究考選、銓敍之學術及制度爲宗旨。」分別言之，所謂「考選」，是指「公務人員及專門職業及技術人員考試」而言；所謂「銓敍」，則包括公務人員之任用、考績、級俸、陞遷、保險、褒獎、撫卹、退休、養老等事項（參考考選銓敍二部組織法）。綜合言之，就是國父所主張的五權憲法中的考試權。而考試權的運用，是否得當，大之可以影響到國家的興替。考試院戴故院長曾說：「考試院內部的組織，分爲考選與銓敍兩大部，關於考選方面，是人的進路；銓敍方面，是人的出路。這一進一出，就是用人行政的根源。行政上用人的得當與否，近一點說，就要影響到行政的效能；遠一點說，就要影響到國家的興替。這種關係，實在是很大的。」戴公之言，也是古人所說的「得人者昌，失人者亡」的道理。考銓制度的功能，對於政治績效的恢宏，乃至關係國家的興替，既如此重要，那麼由本會研究建議所發生的影響，也非其他學術團體研究的對象局限於一隅者可比，此爲本會所具有之特質三。

二、本會五十周年之回顧

本會所具之特質既如上述，則其所負的任務自亦非常重大。故應如何以研究成果貢獻政府，以恢宏考銓制度之功能，則爲本會全體會員所應盡心從事努力以赴者。茲爲懲前毖後與鑑往知來，特分創立、發展及奠定三時期，回顧本會五十年來成長之經過如左：

㈠創立時期：民國廿三年夏某日，第一、二兩屆高考及格在京同年公宴考試院長戴公於寧遠樓，宴罷，戴公即席面諭應組織團體，共同研究考銓制度，以協助政府發揚國父考試權之功能。並命名「明志學會」。同人等奉命後，即開始籌備，草擬章程，以「明志學會」申請備案。詎內政部以「明志」名會，與會章規定的宗旨不合，應另定會名，再行辦理，經陳明戴公，改名爲「中國考政學會」，呈准備案後，旋於民國廿三年十二月九日召開成立大會於南京考試院。除到會員百餘人外，戴公蒞臨大會，以「淡泊明志，寧靜致遠」二語相訓勉。蓋戴公仍不忘「明志」之初意也。在大會中，除敦請戴公爲本會名譽理事長外，並通過章程，選舉理監事。以南京青石街同慶里某號爲會址，積極推展會務。不意進行至廿六年而七七事變作，考試院西遷，本會一切會務遂亦隨之停頓。故在本時期中，除籌備創立並召開第一次年會外，殊少成果可言，亦時勢使然也。

(二)發展時期：本會發展時期，亦即抗戰八年與還都三年之期間。茲分抗戰與還都兩期間，概述本會發展之經過如左：

(1)抗戰期間：政府因日寇入侵，於民國廿八年疏遷於重慶後，局勢漸趨穩定，政府爲鞏固大後方持久抗戰，乃積極展開各項建設。因之需才孔殷。考試院爲配合各方需要，遂於廿八年舉行遷建後之第一次高普考試於重慶。接著於廿九年至卅四年間，每年均舉行高普考試；甚至卅一、卅二年連續各舉行兩次者，錄取之及格人員不下千餘人。本會隨亦乘機復會，積極推展會務，一面隨高普考試之舉行吸收新會員。使本會創立時期之二百會員（第一、二兩屆高考及格人員總數），至是擴充至千人之多；一面數次召開年會於青木關（教育部所在地）及歌樂山（考試院及考選委員會與銓敘部所在地）兩地，研討有關考選及銓敘制度之效能及實施之得失，作成決議，呈請考試院發交會部採擇施行。諸如廿八年十二月八日公布之非常時期公務人員考績暫行條例、卅二年十一月六日公布之公務人員退休法及公務人員撫卹法等，其中規定多有採納本會之建議；而其最大成就，則爲籲請廢止與考試精神相違背之非常時期公務員任用補充辦法。此辦法雖延至卅六年行憲時公務人員任用法修正實施後始行廢止，然本會呼籲促成之功實不可沒。凡此皆爲本會在抗戰期間發展之成果，而值得回顧紀念之者。在本會正值發展成長之時，適發生一不愉快事件，即當時本會負執行責任之理事某君（在教育部服務，現病歿於上海）把持會務，久不召開理監事會議，一惟某常務理事之命是從，經其他理監事之促請，亦置之不理。不得已乃推由周邦道、侯紹文兩兄與筆者，會同內政部警政司任職之蔣兄（亦爲本會理事），帶同警員，於深夜直扣某君之闥，逼令將圖記文件一併交出，另推妥人保管了事。此爲本會發展時期中發生之一小波折，特表而出之，以資鑑戒，並望此一不愉快事件，以後永遠不重演。

(2)還都期間：抗戰勝利，政府於卅五年還都南京，本會隨亦還都復會，力圖振作。當時因感於會無定所，事難集中，以致影響會務之推行。於是在一次理監事會議中決定組織「籌建會所委員會」，積極進行籌募會所基金運動。時值勝利歸來，人心振奮，在各方大力贊助之下，不朞年而本會的新會所竟巍然屹立於試院考場大樓前西邊之草坪中矣。雖只平房三楹，然其中有會議廳，有辦公室，還有爲遠道來京會員下榻之客房。至是本會既有固定之辦公處所，於是執事人等遂得常相聚會集議籌劃進行事宜。不意正在落成周慶之時，中共全面叛亂，政府再度西遷，而本會落成未幾之會所，不但有銅駝荊棘之厄，今且已成廢墟矣（近接南京友人來信云，會所已夷成平地）。此還都期間，本會盡全力而獲得之惟一物質成果，竟隨局勢之惡化而消失，回首前塵，能不廢然而歎！

(3)奠定時期：在卅八年政府遷臺以前，臺北分會即已成立，由在臺灣省政府任會計處長的王肇嘉及臺灣銀行任會計主任的潘萬新（已故）兩兄主持會務。

及卅八年政府遷臺後，分會宣布解散，會務由遷臺之本會主辦。時值遷臺初期，局勢尚未穩定，原任理監事到達臺灣者寥寥無幾，很難湊足法定的開會人數，故所有會務暫由王肇嘉、潘萬新兩兄及筆者負責維持。其間最要工作，即係謀與到臺會員取得聯繫。於是除由筆者協同成惕軒兄編印考政通訊，每週寄發已知到臺的會員以資聯繫外，並發動籌募捐款，由臺銀匯交時寓香港之沈兼士兄，負責發放亟須接濟之旅港會員。爲數雖少，但賴此而得紓急困者亦有十餘人之多。同時並呈奉考試院代院長鈕公核准，設法援助考試及格人員入臺。會員陶君啓沃，即係循此管道入臺之第一人。至卅九年考試院舉行遷臺後之第一次高等及普通考試，而本會乃有新會員之加入，並自四十年起，數次舉行年會，將研究成果彙呈考試院採擇施行，至是本會之基礎於以奠定。從此繼續發展，乃有今日之恢宏壯大。因此在遷臺時期中，實爲本會之奠定時期。

統觀本會五十年來經歷之三時期，可謂「險阻艱難備嘗之矣」。今幸遷臺以後，已經進入坦途，而基礎大定；現在躋任中央及地方機關首長及重要職位者，多爲本會之基本會員。在此優越之環境中，正是推展會務之大好時期；不但考銓制度之功能可賴以恢宏發揚，即國父主張的五權憲法中之考試權亦可能順利實現，而使國家用人行政邁向現代化之途徑。是則吾人於本會五十周年大慶之日所應歡欣鼓舞者也。最後，筆者以爲研究發展考銓制度之功能固爲本會之宗旨及任務；然本會以會員逾數萬人之重要學術團體，而今尚寄人籬下，無一固定之辦公處所，未免是一大遺憾。回憶還都初期，尚不難在物力維艱之時，一舉而建成一座美奐美輪之會所；今以本會卅餘年積存之基金，加以袞袞諸公之大力提倡，縱逾百萬元之購置會所基金，將亦不難咄嗟立辦。而吾人渴望已久之會所即可湧現於眼前；將不讓後起之「人事行政學會」專美於前（該會於遷臺後成立，不久即購置會所），此則爲筆者區區之建議，而願在現任理監事諸公策動下樂觀厥成也。

(3)王師伯沆之高風亮節

附註：王師伯沆爲我在國立中央大學就學中文學系時之受業座師，在拙著《萍廬憶語》（六九）「追懷長官、縈念師友」一節中，曾記「先師於敵軍攻陷南京前已歸辭道山」，及一九九一年間，偶於《世界日報》「上下古今」欄中見有柳曾符君記述「王伯沆高風亮節」一文後，始知先師於南京淪陷時因病未隨校西遷，及汪僞政府成立，明示先師可在僞中大領取乾薪，蓋欲假借師名以資號召也。經先師堅拒後，又由敵軍加以威脅，亦堅拒不屈。至一九四四年九月廿日，師不及親見勝利，遂與世長辭。師之逝世，不僅是在學術上失一忠良大師。即在國家亦有「人之云亡，邦國殄瘁」之痛。

按柳君爲中大史學大師柳翼謀先生之孫，王柳兩家夙具通家之誼，其所記述之事實經過，應無可置疑，乃將其全文錄左，以彰先師之嶙峋風節，並正余憶語所記之誤。

今海峽兩岸之中央大學及南京大學之前身——東南大學，爲民初馳名大江南北的高等學府。一九四八年代表當時最高學術水平的第一屆中央研究院院士遴選，偖大之中國，理工醫農文史各科只選出八十一名，而原東南師生卻選上十一名；而大陸之中國科學院正副院長四名中，東南師生佔了三名。對臺灣教育與財經發展卓有貢獻的張其昀、李國鼎二先生，也是東南學子。東南之辦學能有如此之成就，除因諸多海外歸來之吳宓、梅光迪等名師外，更出名的也就是被張其昀先生尊為「南雍雙柱」柳翼謀與王伯沆二先生。先祖柳翼謀因《中國文化史》一書廣為人知，而伯沆先生因著作鮮於世，反不如其弟子陳寅恪，其婿周法高著名。今東南大學、中央大學校友遍於海峽兩岸及歐美各地，成就輝煌，飲水思源，故特作此文緬懷先賢。

先生名瀣（一八七一——一九四四），字伯沆，一字伯謙，號冬飲。別署無想居士。世籍江蘇溧水，明末遷上元（今南京）。先生性嫉惡，對溧水人稱籍南京；但對南京人則稱籍溧水。祖易堂，父鶴癯，皆有隱德。母海寧陳氏，熟習明史，在先生幼年為講晚明忠烈故事，先生常流淚。年稍長，博通經史、小學，各體詩文，下及稗官小說，詩書讀鄭子尹、阮大鋮、王霞舉。上宗大謝，尤精五古，詞宗張玉田。講《詩經》，好《詩經原始》；十八歲，入學為秀才，次年補廩生。歷任南京陸師學堂、兩江師範學堂教習，南京高等師範學堂、東南大學、中央大學、金陵女子大學教授。

先祖說：王先生於古人詩，任舉各家名篇，都能信口背誦。先生弟子故上海華東師範大學教授徐震堮先生說：先生上課講詩文經子，下課在校園中講《紅樓夢》，能信口說出書中某人從某門中出，因爲先生《紅樓夢》前後看了廿遍，曾五次用彩筆批註。（今已由江蘇古籍出版社彙爲《紅樓夢批語彙錄》一書出版。）

先生爲人風神凝遠，顧盼有鋒稜。少年時頗恃才傲物，而操履峻潔，性剛，嫉惡如仇。後既專力宋明儒家典籍，參以佛老（佛宗華嚴），身體力行，博采兼收，不拘門戶。

先生一生可分爲幾個階段：

先生少從南京高子安先生問《說文》古學，又友王木齋，木齋多藏書，先生得以瀏覽。先生四十以前以才氣見長，詩文書畫篆刻都有成就。當時義寧陳散原住南京，以詩文氣節，蜚聲學林，散原從木齋處見先生詩詞，大驚詫，折節下交。散原建精舍爲文酒之會，先生亦流連其間，散原敬先生有師道，因請先生館其家中教諸子。散原子女八人，衡恪最長，名亞諸名士，亦欽重先生，先生於是日夕游散原父子間，俯仰提攜，所益弘多，寅恪、方恪以次，亦漸發名成業，寅恪後爲清華研究院導師，人稱教授之教授，多本先生教也。先生貌清癯鶴立，善談名理，其發言初似邈不經意，既而風馳泉湧，霧開山立，當者盡靡。但皆精敏妥貼，不失前賢宗旨；先生足不出戶，而以知言名海內。

四十以後，學問由博返約，歸於宋明理學，先生自責極嚴，而寬以物理。當時泰縣黃隰朋傳周太谷之學，在蘇州立精舍，往來會學有千餘人，嘗著《老殘遊記》之劉鐵雲，亦此派中人。先生因往參謁，見其風貌安泰，不覺心醉，請列名爲弟子。隰朋見先生性剛，因賜號伯謙。後來陳散原、歐陽竟旡皆嘗往見黃先生，而論道不合。散原回來後還對人說：伯沆當世名宿，何甘從斯人遊耶？著名植物學家胡先驌先生在東南大學執教時，曾和先生比屋而居，對王先生入黃門亦不可解。抗戰中胡先生作《梅庵憶語》，懷念母校，曾記黃門講經書，不依常軌，如釋《論語》：「三家者以雍徹」之三家爲大腸、小腸、膀胱，認不可思議。

一九五〇年冀謀先生在上海有鄉人飲茶之會，座中吳梅、孫庠，鍾鍾山泰皆黃門弟子，黃門神祕的傳授至此稍稍公開，先祖因成《泰州學案資料》一書，茶會上也談起伯沆先生爲何會入黃門之事。吳梅老以爲是伯沆先生佩服黃氏詞學的緣故。

因爲先祖寫學案，一天我家又來了一位黃門弟子泰州丁月江先生，丁老已八十多歲，布衣布履，純樸得了不得，談話之中，丁老先生說起他師門的學問，沒頭沒腦的說了一句：「中央戊己土」，並解釋說：戊就是悟性，己就是記性。祖父當時看了我一眼。大概清代的學術到了廖季平已開附會的風氣，漢學講聲訓，也有很多不可取，到了黃隰朋斷章取義，講究只言片語，更是末流了。但是黃門弟子鍾鍾山先生人品旣高，學問深邃通達，全去黃氏糟粕，同輩交口稱譽，我所親聞。由此又可見，師或師其一體，與本人成就並無一定之關聯。

一九一六年，先生四十五歲，江易園先生做南京高等師範校長，恭請先生來校主講國文，從此由南高而東大而中央大學，先生一直任教其中。先生教人以《四書》爲本，言傳身教，律己極嚴。由於先生學識廣，體會深，旁徵博喻，《四書》被先生教活了，所以學校裡的人，都親切地稱呼先生爲「王四書」。當時胡小石先生在校中講「杜詩」很有名，但先生更精於評論。同時聽過兩位先生講課的人和我說：同樣一首杜詩，胡王兩先生都說好，但王先生更能說出其所以好的緣故。先生論文之精，就是對當時的文章泰斗陳散原老人的文章，也時能作一二字的推敲。胡步曾先生最愛先生游吾鄉焦山詩，詩題是〈癸丑（一九一三年）五月十四日陳散原原愈觚齋招遊焦山三宿松寥閣賦詩五首〉，其中警句甚多。茲錄一首：

焦山落我眼，影秀浮蓬壺；帆舟曉日明，微風綠蠕蠕。樓殿拍水飛，牒石扇不踰；樫碧架高霤，江淮來委輸。洑洄鬱無聲，一濆碎萬珠；茲山古天險，嶽嶽特百夫。歷劫當流中，氣尊骨不枯；著我來振衣，疇寫凌風圖。

弘一法師李叔同當年也曾在南高授課，先生有贈弘一師絕句兩首，或亦為研究弘一者所未注意，其詩並有短序，遊戲文章，詩風與前不同。

燕人李息好金石書畫，年卅，稱息翁，又稱息老人，所易名字至百十數，有曰下、曰岸、曰哀、曰凡者，字有壙廬，自謚曰哀公（有息翁晚年之作印章，又有丙辰息翁歸寂之年印章尤奇）。丁巳二月自浙來，言能辟穀七日，冬常著裌衣忘寒，於盛夏著棉，習忘暑，近又改名嬰，比於再生，勢不得不然也。因戲贈二絕句。

盜得黃芽母氣新，活埋菴裡陡翻身；英英一把寒瓊骨，驚倒驢年學道人。

生有靈髭似聖童，前身應悔太龍鍾，雞窠從此忘年好，一笑回看是息翁。

南高的學生心悅誠服的拜倒在先生門下，後來受先生培育成名的學者，除上述的徐震堮先生外，還有王煥鑣、錢坤新、陸維釗等。在美國和臺灣的也還有不少，如吳俊升先生、沙學浚先生等皆是。

陸維釗先生曾對我說：當年他們做學生時，喜到東門王先生家中去請教，一去之後，流連忘返，夜半回校，校門已閉，好在陸先生是足球健將，便越牆而入。王駕吾先生也說：我到伯沆先生家中，是「實而往，虛而歸」，去的時候，腦子裡充塞著各種雜念，一站在先生面前，一聆聽他的議論，就覺得自己卑俗得很。在走回學校的路上，彷彿覺得每個毛孔都被沖刷乾淨了，如受了洗禮一樣，無比舒服。可見先生崇高的品格，感人之深。

九一八之變，東北淪陷，先生目擊時艱，與友人縱談南明時事，抨擊時政，聲淚俱下，以爲天下興亡，匹夫有責，聽者感嘆。一九三七年春，先生憂時成疾，突然中風，五月陳寅恪先生自北京來，特要先祖相陪，契妹陳新午乘汽車同往仁厚里伯沆先生家中探病，贈以銀耳茶葉等禮品，其間以汽車至大油坊巷即不能入內，只可下車，寅恪先生跛而行，陳新午著高跟鞋，走石子路，亦步履維艱，然以探望伯沆先生病況心切，不顧也。

數月後，南京淪陷，先生以病不能隨中大西行，困處陷區，生活維艱。先生在民國初年，月入不過卅元，一九二七年後漸增至十餘倍，但先生以親友多窮餓，不欲一家獨飽。按月量各家親友窘況，分寄三十五十金，十餘年不斷；所以現在先生年近七十，家中仍無隔月之儲，至日食二粥亦不可得。就在老人生活極爲困難之際，汪僞在南京成立僞中央大學，使人勸說先生在校掛名領薪，想借老人名望做招牌；但老人寧願餓死亦堅拒，敵僞利誘不成，復加威逼，亦復無效。

先生餓困南京的消息給當時在重慶的中央大學師生知道了，紛紛奔走集款以備救援，胡小石先生當時有〈客有馳書告冬飲翁餓者長謠敍悲詩〉一首，詩中有句說：「先生堅臥猶讀《易》，首陽蘿葛行將捫。」狀先生困不失其所學，愁病兩忘，從容取義之高節。後來學生吳俊升、胡煥庸、錢坤新、沙學浚、李伯康等諸先生，紛紛從內地及陷區送款接濟，從此先生吃飯的錢勉強夠了，但醫藥費用仍無著落；一九四四年九月廿五日，先生不及見勝利，即與世長辭。

先生死，南雍學人同聲痛哭。先祖有詩輓先生道：

王通教河汾，房魏皆北面。道隆緝前賢，業廣迪群彥。

夫子何巖巖，卅載冠壇墠。憫俗頹波迴，昭昧芳風扇。
平生多坎坷，言笑恆晏晏。食古貧不衰，聳志晚靡倦。
研幾洞三玄，談藝貫九變。著錄盈萬千，饜服敎不厭。
一病難鴒原，八稔恫龍戰。艱貞齒蕾薇，沈痼殉几甸。
霜風曙星孤，窮嫠割淒戀。適去桑戶時，涅槃竺乾善。
白下掩聲香，黃門空最殿。伊余渥交期，每辱箴忮卞。
方術商異同，進止力狂狷。撫塵懷雅游，開襟共新辦。
瑰旨飲蘭言，曠寄習茗宴。君嗜藝蘭，尤嗜茗 卞璞儀荊山，自恧碔砆賤。
病榻淹別車廿六年冬，余將離金陵，走別君於病榻 賫舍淪昔院。阻兵闕裁青，錯石邈深眷。
老屋乏生芻，大軍摧急箭。遐哉音塵徂，感舊涕洟泫。

先祖感喪舊友，兼念昔游。「曠寄習茗宴」句，季伯康先生告我，他當年侍座南京邊管茶肆，兩先生門茶爲勝負，盡若干壺不得如廁。思之腹痛也。

一九四五年抗戰勝利，政府明令褒揚，有「堅貞守道，皭然不汙」之句。

先生一生遵循「述而不作」的宗旨，爲學只爲做人，不願以文采竊虛名。曾有

《讀四書私記》之作，用力最久，心得甚多，晚年也不願印行。嘗說「文章千古事」，立言者更應審慎。臨歿，令女王緜將所作詩文全數焚毀，女不忍，有時以雜紙替換，才得保留部分。一九四八年南京通志館爲印《王冬飲先生遺稿》一小冊，有藏書題記及詩稿。

翼謀先生在《江蘇省立國學圖書館叢刊》第二輯，重印《冬飲廬遺詩》，並爲之序，但二書印量都很少，誤字亦多。先生婿周法高先生爲著名語言學家，一九六二年在臺北爲先生印《王冬飲先生遺稿》，張其昀先生爲書寫了序言。一九六七年又爲印《冬飲廬藏甲骨文字》。

先生書畫篆刻並精妙，而尤擅書法。初學翁方綱、何子貞，後自成一家。先生作書，十分認眞，每寫字，必閉門，不合意，不出以示人，因此多精品。我家今存先生書畫皆摺扇、尺牘小品，先生大字從未見。後來輾轉探知先生弟子九十高齡的南京師範大學羅廷光教授家有先生行書屏幅一堂，乃到羅先生府上求一見，果然淸雅透達、精潔照人，耳目爲之一爽。恍如親承王先生笑貌，眞是字如其人。因亟付之上海《書法》雜誌刊出。

我在幼年就習聽先祖談說王先生學行，心儀日久。今日去王生時已稍遠，先生弟子存者亦多高齡，若錢坤新、王駕吾諸先生亦皆故去。南京出人物志亦不知收先生事略。即有一二，亦多爲舛誤，而先生一生學行懸東南人望數十年，故就所知略輯一二。先生弟子遍海內外，親見先生，必能匡補本文之不逮，此文不過聊誌對先生之敬仰，企對先生高風勿忘失耳。

(4) 張公難先追求民主終生不渝長留典型歷久彌彰

謹按張公難先爲吾鄂三傑之一，總觀公之生平，雖詳載於〈義痴六十自述〉及〈六十以後續記〉兩篇遺著中，然均偏於記述具體事實。其所秉持的政治立場及觀點，則語焉不詳。今欲探討公之政治趨向，勢非從公平日之言論動態，加以體會觀察，不能得其梗概。按公一生尊崇儒學，尤其服膺孟子「民爲邦本，本固邦寧」及「民爲貴，君爲輕」的民主思想，因而堅定其民主政治的嚮往。蓋政治民主，然後始有民有、民治、民享的民主國家。故公一生之進退行藏，莫不以民主爲依歸。遵循民主者，則翕然而從之，違反民主者，則望然而去之。爲追求民主，推翻專制，故早歲即獻身革命，幾以身殉。辛亥革命成功，眼見一般新貴同志，腐化專擅，毫無民主意識，於是憤而還鄉，以灌園賣菜爲生。及袁世凱帝制敗亡，軍閥據地稱雄，互相爭戰，致人民生活，日處於水深火熱之中，救死惟恐不贍，尚何民主之可言？公處此國事蜩螗，民生凋敝時期，乃北上燕京，觀察政象，並究心時務。就觀察所得，深覺欲求民主政治之實現，必須在安定和諧之環境中，始能運作進展，因而產生厭戰求和之心理狀態。斯時吳佩孚正虎踞洛陽，雄視中原。公以爲如能促其止戰謀和，從而建立民主政治，未嘗非一絕好之機會。故不惜馳書於吳，與論治國安民之道。不但毫無反應，而軍閥混戰，反趨激烈。公正感憂國有心，匡時乏術之際，適國民政府於民國十四年在廣州成立。乃以國民黨員隻身南下，投効於國民革命陣營中，得以歷任要職，卓著政聲，是爲公從事實際政治之始。因其剛正廉明，不畏權勢之風骨，爲國府主席蔣公所器重，故內得掌銓衡，外膺疆寄，內外駸歷則已致身通顯。惟公冀望和平，追求民主之心願，與日俱增。身雖顯貴，然鑒於國共兩黨之劍拔弩張，與時政之偏離民主，以致不無怨尤，但又覺當時除蔣公外別無可寄託希望之人。故於各種集會時，屢次建議國共兩黨攜手合作，共建民主政治。亦即基於先有和平，然後始能建立民主政治之一念。無如當時以迫於情勢，公之建言，不但未受重視，且反遭時忌，因而加重其失望之感。及至抗戰勝利，國共兩黨終以兵戎相見，和平似已絕望，公蒿目時艱，惻然心痛，不免歸咎於政府。加以蔣公左右，如楊永泰之流，居中挑撥搆陷，遂與蔣公日漸疏離，浸假而終致決裂。拒受聘任。（如退回國策顧問聘書是）至對共黨素主國共合作，共同完成國民革命之使命，不料後竟演成兩黨內戰，以致深感痛心，但對國父和平、民主遺教的信仰，則始終不渝。是公一生之政治動向與發展，雖極曲折迂迴，但其所循之道則一，即基於孟子的民主思想擴展而爲和平之呼籲與民主之追求是已。惜乎公之追求民主，雖終生不渝，然終未能及身實現，不可謂非一大憾事。眞可謂「極一生無可奈何之遇」，只有「將遺憾還諸天地」而已。（清巡臺使者沈葆楨題臺南赤崁樓聯語）今距公之逝，雖已逾念年，但其長留之典型，將永照耀人寰，歷久彌彰。今述公之生平既竟，謹奉蕪辭，以誄潛德：

鄂之人傑，國之大老。灌園課讀，安貧樂道。潛謀革命，身幾不保。

武昌起義，同伸天討。服膺孟子，民主是好。憂心國事，惄焉如擣。

敬恭桑梓，功同再造。敭歷內外，聲聞孔昭。追求民主，痌瘝在抱。
瑰意琦行，惟賢所寶。昊天不弔，不憖一老。緬懷先哲，誄德以表。

(5) 感念張公難先對我的殊遇

吾鄂三老之一的張公難先，(其他二老爲嚴重、石瑛) 不但是我初服公務時的第一位長官，也是在我所經歷的各首長中，對我特加優遇及關愛的唯一首長。我與公素乏淵源，僅常於報章傳說中，知其早年刻苦自勵，獻身革命事業。從政後廉潔奉公，剛正不阿與不畏權勢，爲國人所稱頌的特立獨行，因而慕藺有心，卻恨瞻韓無門。洎民國十八年（一九二九）國民政府任命公爲考試院銓敍部部長，我於偶然的機會，得入銓敍部服務，(詳見拙著〈浮沉院部廿年〉一文中「初入銓敍部的際遇」) 始遂瞻韓之願。從此隨公工作，在不到三年期間，經歷中央與地方三機關。自愧才疏學淺，未能爲公畫一策，贊一辭，然公並不以庸愚見棄，反予以不次拔擢，加意培植。緬懷德澤，能不令我銘感五內，沒齒不忘！茲將在我三年服務期間，公對我之種種殊遇，縷述如左，以永感念。

我初到銓敍部時，爲一雇用之書記，經張泳穆大姐之先容，蒙公接見後，即於民國十九年（一九三〇）元月奉派爲委任五級科員，支薪一百元。（依十六年俸表）並奉諭著編纂我國歷代——自秦漢以迄明清，及英美各國銓敍制度表，以供建制之參考。洎各表編製完成，進呈核閱時，適公奉調主浙。諭令隨同赴任，派爲民政廳三級科員，支薪一百六十元（依與十六年俸表同時並行之十八年俸表）派在廳長室工作。（因公兼任廳長）在此期間，除司通常筆札外，並代公接見各方請謁之僚屬與訪客。不知者，多以我爲廳長之機要秘書，執禮甚恭，我亦謙和以待。並於接見後，就請見事務之輕重緩急，面陳於公，或列表以報，務令求見者之來意，得以上達，勿使壅蔽。因而內外溝通，上下無間。公以此或認我無忝厥職，乃有特殊之使命。一日下午，公到我辦公室。（在廳長辦公室後房有門可通）面諭有事交辦，囑於散值後稍待。及全廳人員散盡，公將親自繕印之公文一紙，銀元廿枚交我，囑令尅日前往德清縣密查具報。退閱公文，始知德清縣長某，因煙犯案受賄，被縣民告發，因而交我查辦。我以廳內設置有專司查案之視察人員，公竟捨而不派，而面令一從無辦案經驗之委任科員如我者，前往密查。公之重視此案，而屬望於我者，不言而喻。

我於惶恐受命之後，即於翌晨喬裝遊客，乘輪到達德清縣城，經三日之密查暗訪，於街談巷議中，盡得其情。旋即遄返杭垣，據實簽報。當奉批令，將該縣長免職，交由杭州地方法院檢察處偵辦。(是否起訴，因在偵察期間，我已離杭，故不得而知)以儆官邪。是爲公到任後，懲治貪污之第一聲。一經傳播，羣僚震肅。而民衆聞訊，亦莫不額手稱慶，咸頌公之洞察善斷，公正嚴明。此係公對我初試以功之一事也。未幾，公又因我之在廳長辦公室服務，不親案牘，對於一般公務，無從歷練，乃命我承乏民政廳第四科第二股主任。(委任一級，支薪二百元)並諄諄勉以應虛心學習，勿負所命。期望之殷，溢於言表。按第四科主辦全省土地測量及土地糾紛事宜。工作極爲繁重。我到科以後，在科長悉心指導下，經數月之學習歷練，始得諳悉處理案牘之程序與奧訣。此一工作歷練，使我後此數十年，在處理公務中，而從無隕越者，實又深受公賜所致也。我自受知於公，不到一年，即從委任五級科員，一躍而升爲委任一級之股主任。在隨公蒞浙之人員中，晉升之速，似無出我之右者，無怪一般同事，視爲異數，而嘖嘖稱羨不已也。惜我任二股主任不久，即以第一屆高等考試普通行政人員考試及格資格，由銓敘部以薦任職分發浙江省政府任用。報到後不及三日，即蒙公提經省府會議通過，派任為孝豐縣縣長。此雖依照法令之規定，然非公之特予垂青，即時提請省府會議派任，又何能如此之速？至是乃不得不奉命黯然離公而赴縣長之任。至民國廿一年（一九三二）一二八上海事變前一月公即卸任浙省主席，及兼廳長職務，歸隱林泉。我旋亦解除縣篆，回京小休。是年五月，公東山再起，出任豫、鄂、皖三省剿匪總司令部（以下簡稱總部）黨政委員會委員兼監察處主任。見報後，我即襆被回鄂，踵謁公於漢口監察處。遂又奉派為上校股長。從此又可常侍公側，親承訓誨，快何如之！按監察處職司官常紀綱，轉移社會風氣，對於豫、鄂、皖三省的各級黨政機關人員，掌有監察、糾舉之權。因此工作重點，首在嚴懲貪汚，澄清吏治，肅奸除惡，維持治安。我到差以後，所辦案件，多不出此範疇。其中經我承辦的各案中，有兩案較為突出，影響最大，值得一述：

㈠漢口大毒梟孫忠伏法案：事緣民國廿一年（一九三二）七月某日，《武漢日報》載有「居住漢口法租界某里某號（里名門號已忘）曾任某部師長的孫忠，明目張膽，大做其走私販毒（海洛英嗎啡）勾當，流毒社會，為害甚大，負有發奸擿伏之總部監察處，竟視若無睹」報導一則，經公閱及，乃將報交我查辦。退而尋思，大凡走私販毒之流，莫不與幫派有關。倘不通曉其內幕，而貿然從事，不但於事無補，且有危及生命之虞。今我以昧於幫派內幕之文弱書生，曷能負此危險任務？然以公命難違，何敢有所遲疑。再四考慮之餘，忽然憶起前在我任縣長時，曾任總務科長我的好友馬君，曾是淸幫通字輩的老大，爲人幹練誠懇，極富正義感，找他面商，對於此案，或許有所突破。遂即訪馬，告以實情，並請其協助偵查。馬躊躇久之，慨然應允說：「看在我倆的關係上，姑且一試。」越日，馬欣然來告：「昨晚按報載地址，往叩孫某寓所之門，諉稱駐馬店某老大的介紹，(馬曾在駐馬店于役有年) 有事求見。經應門女傭轉達孫忠後，即命延入內室。時孫正一榻橫陳，呑雲吐霧，見我即令對臥交談。先以幫中隱語，相互寒暄，繼則談及駐馬店淸幫情形，及某老大的生活狀況，藉以試探我之眞僞。我均沉著應對，毫無破綻。孫信以爲眞。最後詢以來意，我謂經某老大的介紹，特來買點貨品回去。乃進而請孫告以貨價及運輸方法。孫當以貨價及負責包運相告。我乃請購樣品少許，以便回到旅舍，與同來之夥伴商定數量，備款洽購。孫遂命女傭取來毒品一小包，並索價十元，我如數付訖，起立告別。

臨行，孫強調：『平漢線一帶，我有安全保障，不必顧慮。祇是你隻身遠來，且帶有禁品，務須加意小心爲要』等語。孫之狂妄有恃，於此可見。」至是馬歸告我以上述經過情形。並云：「此次因感於張主任之爲民除害，與你我多年交情，故不避危險，深入虎穴。今幸不辱命，達成任務。惟孫某黨羽徒衆，遍佈武漢，若察知此案爲我所偵破，必將尋仇報復。則我將日處於威脅恐懼之中，寢不安枕，如何可保我安全無虞，請爲我一籌。」我當告以「此一顧慮，不無可能，將報請主任定奪，必有妥善之處置。」囑其稍安毋躁。於是將我自忖對此案力難勝任之原因，及轉託馬君代爲偵察之經過，並檢同毒品，簽請鑒核後，公即召見馬君面詢經過，予以慰勉，囑俟後命。同時電令武漢警備司令葉蓬，照會法總領事，派遣巡捕協助下，龠夜將孫寓包圍，一舉將孫捕獲，並在其寓所搜出大量毒品，解交總部軍法處訊辦。孫忠被捕消息傳出後，各方營救函電，如雪片飛來。時總部軍法處長適爲以剛正崇法，不畏權勢的銓敘部副部長仇公亦山(鰲)(在一二八上海事變後，銓敘部疏遷洛陽，故奉調暫任斯職)認爲情節重大，除屏絕所有各方營救函電於不顧外，並親臨審訊。孫以有恃無恐，對其犯行，坦承不諱，且有搜獲之毒品爲證，亦不容其狡賴，遂一鞫定讞，判處極刑。經呈奉張副總司令學良（時總司令蔣公同秘書長楊永泰，均在南昌）令准執行。乃於當年七月某日，將孫忠處決於漢口六渡橋畔，（有謂如楊永泰在武漢時必將循各方函電之請求而貸其一死。證以楊之擅權玩法，或非虛語）以昭炯戒。此一流毒江漢，危害人羣之犬毒鴞，竟在偵查、緝捕、審訊各階段，歷時不及兼旬之期間內，伏屍通衢。處斷之速，向所未有。殊非孫忠意料所及。大憝既除，人心稱快。而張、仇二公，剛正嚴明之聲譽，亦遍傳遐邇矣。至於被託偵破此案之馬君，爲保障其安全，奉派爲總部少尉辦事員，而我亦奉命記功一次。退而思維，公之命我查辦此案，或亦寓有「增益其所不能」而玉我於成之至意。我雖未違公命，但究屬因人成事，公對此不但未加譴責，反予懋賞，使我於感激零涕之餘，又不勝其愧赧者矣。

㈡湖北蘄春縣長貪汚免職案：此爲懲處縣長貪汚案，本身情節簡單，無可敘述。惟因此案免職文稿之擅被竄改，因而導致公堅定其去志。則其中之曲折離迷，爲晚近官場所罕見，而鮮爲人知者，不可不一述之。在未敘述本案經過前，須先說明發生在本案之前而與本案有連續關係之三大要案，以及總部秘書長楊永泰之專擅弄權，然後始能了解公之所以堅定去志之故。所謂三大要案，即湖北省水利局長陳克明貪污瀆職案；漢口市長何葆華違法亂紀案；(聞何在大陸文革期間，被公審處決。)以及當時的交通部長王伯羣之戚，專輪運大批鴉片煙土案。前兩案經派員澈查屬實。後一案由公親率員警登輪檢查，人贓俱獲。如此喧騰人口之三大要案，經報請總部執行時，非留中不發，使其銷聲匿跡。(前兩案)即徇情暗釋，令其逍遙法外。凡此皆由於總部秘書長楊永泰一手遮天，跋扈專擅之所致。公鑒於三案之執行受阻於楊，隱然有憾於國法之未伸，與正義之不張。在公與楊之間，已形成水火不相容，薰蕕不同器之勢。正在此時，又發現蘄春縣縣長免職處分之文稿，被楊以偷天換日的卑鄙手法，將蓋滿簽章之監察處文稿稿面截留，裁去正文後頁，另於粘貼在原稿面後之新頁中，將原擬免職處分，改為記過。如此不著痕跡，以掩飾其庇護貪污之陰謀，其用心之陰險，與手段之卑劣，即在《官場現形記》中，亦不多覯。然而作弊者終難掩其醜惡。迨湖北省政府復文到處，我發現所報記過處分，與原擬免職處分不符。

經調閱原稿，始知已被竄改。乃攜同到文及原稿面公，陳明原委。公閱後不禁勃然大怒。認爲楊之枉法徇情，庇護貪汚，竟不惜以偷樑換柱之卑劣手法，暗改文稿，以輕易重。此而可忍，則極其所至將無往而不在其陰謀暗算之中。惟以事關內部作業，不便公開譴責，以損總部形象，故隱忍未發，並戒我不得外洩。但公之去志，此時似已決定，祇候適當時期到來，便即掛冠而去。嗣因楊建議，擬將湖北錢糧附加堤款，提歸中央。公以堤款，關係全省人民之命脈。身爲鄂人，何能默爾而息。乃奮起力爭而不得。一時聲色俱厲，而斥楊之卑鄙無恥。楊猝不及妨，一時爲之氣奪，黯然離去。公在盛怒之下，知不可再留，遂亦憤然出走北平，以示正義與邪惡之不兩立。事聞於總司令蔣公，亟派員疏解慰留，則已無及矣。因此，不知者以爲公之決然出走，係導因於附加堤款問題，而不知公之去志，已肇萌於三案横被阻擾之時，而堅定於蘄春縣長免職處分文稿暗被竄改之後。附加堤款問題，特爲導火線耳。此一案中之曲折離迷，自非局外人所盡知，爲免湮沒無聞，故特表而出之，以見楊之詭譎奸詐，無所不用其極。而公之顧全大局，能忍人之所不能忍。非至絕望時期，決不輕言離去也。

公去職以後，我頓感失所憑依，正徬徨間，適奉銓敍部馬次長洪煥電召，遂於民國廿二年（一九三三）元月，回部任職。（時銓敍部已由洛陽遷回南京）而楊永泰則於總部撤消後不久，轉任湖北省政府主席。因其本性難改，仍專橫如故，致被狙擊於武漢輪渡碼頭，陳尸江岸，人心爲之大快。世之以專擅跋扈自雄者，觀此，可以知所鑒戒矣。

此外尙有一事，雖未有成，亦足徵公之厚愛我者，實無微不至，而爲他人所不可企及。事緣民國卅五年五月勝利還都之前，曾謁公於歌樂山寓所。（公卸任湖北省政府民政廳長後，即退隱於此）公當勉以還都以後，應於民生救濟方面，多加注意。尋謂：「現在各省均紛紛成立救濟機構，此爲服務民衆之大好機會。你如有意，我可爲你介紹回鄂，任救濟分署署長如何？」我正遲疑回顧間，則公已援筆作書致湖北省政府王主席東原，推介我爲湖北省救濟分署署長，我遜謝未遑，只得唯唯而退，將書投郵。越日，復摳衣趨謁，公即出示王主席復函，略云：「救濟分署長一職，基於環境關係，已委派漢口市商會會長周某擔任矣。」公謂：「我現已不在臺上，早晚時價不同了。」乃一笑而罷。我素知公之耿介，向不爲人推介工作，尤其自動的親函推薦，更是難得一見。今以我故，致公見拒於人，在公或基於「孺子可教」之一念，雖受屈折，而無所介懷。而我在承受此一無情的事實之際，實覺內疚於心，而不能不深自感愧者也。以上所述，皆由公之加賜於我而爲明顯易見之事實。至我今之所以稍明立身處世之大道，而不爲邪惡所屈以降志辱身者，則又未嘗非隱然爲公所秉持之正義與正氣所薰陶感召，有以致之。是公之大有造於我者，又豈祇明顯易見的不次拔擢、栽培而已？蓋公之凜然正義，可使魑魅魍魎無所遁形，而不爲所蔽；公之磅礴正氣，浩然獨存，而不可侵犯者，則爲貧賤不移，富貴不淫，威武不屈，巍然屹立於天地間，而無能撼搖之。此公之所以爲吾鄂三老中之大老也。今距公之逝，已廿有餘年，而公之潛德幽光，仍能照耀人寰，歷久不滅者，蓋其來有自也。至公之獻身革命，與勤勞國事之豐功偉業，與夫流傳民間之瑰意琦行，以不屬本文範圍，容當另文記之，以永追思。

(6)浮沉院部廿年

筆者自民國十八年十一月入銓敍部工作，至民國五十八年從行政院退休；中間除卅八年一度陷處大陸六個月外，先後服公務共計四十年，從未間斷。四十年中之前廿年，則先後在銓敍部、考選委員會（部）及考試院度過；在院部浮沉之廿年中，自身之遭遇及所見聞之院部秘辛，頗多富有戲劇性而令人發噱之趣事。茲就記憶所及摭拾一二，以博諸公之一粲。

一、初入銓敍部的際遇

民國十八年十一月，筆者將自中央大學文學院畢業，正擬尋找工作機會；忽一日，見報載國民政府明令任張難先爲考試院銓敍部長、仇鰲爲副部長、馬洪煥爲秘書長的消息。因知同學吳君與仇副部長有姻親關係，乃請其函介仇公，求爲科員。吳君當給一名片，先爲介見仇公的秘書湯君；不料湯君見吳之名片後，即命筆者書寫仇公信稿。因念「湯之此擧，或誤爲吳君介紹我爲書記」。於是在滿懷不快的心情下，勉將信稿寫完後，歸告吳君；吳君當謂：「湯旣叫你工作，已有錄用之意；不妨繼續前去，靜候消息。」筆者從其勸告，仍按日到部。就在此時，無意中認識張部長之大小姐，因同鄉（鄂籍）關係，由其介見張公；張公詢知筆者已經到部工作，遂告以：「現在籌備期間，不論職位高下，一律月給津貼四十元；你旣是大學畢業，一俟審查任用資格時，當可委派相當工作。」筆者奉張公面諭後，更堅定信心，靜候發表；及至十九年一月六日，銓敍部宣告成立，即奉部令派爲科員。至是就在偶然的際遇中，進入銓敍部工作矣。

二、一年工作之成果

十九年一月六日，銓敍部正式成立，即發表人事命令。筆者奉派爲委任五級科員，並諭令編製歷代銓敍制度總表與秦、漢、唐、宋、元、明、淸七代銓敍制度分表以及英、美銓敍制度表等共十表；爲便利運用圖書館資料，准不到部工作，亦不限定完成期間。至是雖工作時間不受限制，但懍於工作之艱鉅，不敢怠忽。於是終日埋首於故紙堆中，努力從事製作。在將近一年之時間中，除將英、美兩表及七代分表陸續製定，送呈部長核閱，並分期登載考試院公報外，所餘之總表，至十二月始告完成；及送部呈閱時，則部長已於月之四日奉命調任浙江省政府主席，筆者亦奉諭隨同赴浙工作而離職矣。在此一年期中，除每週到部參加紀念週外，從未一親案牘。此在筆者公務生活中，可謂罕見之異數，而爲當時部中同事所稱道不置也。

三、甄別審查的洩密風波

銓敍部成立之初，首先即辦理現任公務員甄別審查，以爲任用法實施之前奏。依照規定，由各機關長官考核現任人員工作成績，以甲、乙、丙、丁四等，評定等次，填入甄別審查表，送部審查。乙等以上，認爲合格，照原官等級，給以合格證書；丙等者降等或降級；丁等認爲不合格，免職。並規定審查人員對於表填各項應守秘密，不得有所洩漏；但如發生疑義時，可電召當事人到部面詢，以昭覈實。時有甄核司第一科第一股林主任，在審核教育部送審表中，發現蔣夢麟部長辦公室科員陶曾穀女士（後爲蔣部長夫人）表中，所定之等次爲A^-；林昧於一般學校打分數之習慣，不知A^-究應爲甲抑或是乙，委決不下（其實以乙評定，已可合格），乃電召陶到部面詢究竟；陶知其表塡等次爲A^-後深爲不滿，要求將表帶回，詢明改正後，再送部辦理；林當時或由於色迷心竅，竟忘應守秘密之規定，而允其所請；陶攜表回到辦公室後大發嬌嗔，質問部長：「爲何評定其等次爲A^-，是否工作不力？」蔣部長見狀，當對陶溫語撫慰一番後，即趨車到銓敍部袖出陶表，質問張部長：「規定視爲秘密之甄別審查表，何以竟在我的手中？」張部長一時語塞；氣急之餘，等蔣走後，查知此表爲林交陶攜出，遂即將林交院警看管，聽候查辦；旋查明係林一時疏忽，並無串通舞弊情事，乃將林免職；並將陶表另付審查，予以合格了案。此一趣事，當時傳遍兩部；咸認陶如非部長辦公室之科員，或非部長的變寵，則事態不會擴大，而鬧到如此地步。但由此亦可見張部長之公正嚴明，一時部中全體員工爲之肅然，而不敢稍涉差失矣。

四、餞別宴會中部長吐心聲

銓敍部張部長既於十九年十二月四日奉命調任浙江省政府主席，考試院及會部全體同仁於張公離部之前一日，在考試院大禮堂設宴餞別，酒過三巡後，由院秘書長許公崇灝致歡送詞，對張公在銓部籌備期中與成立後一年內所作之貢獻以及嚴正之作風多所頌揚，而不勝其惜別之意。張公於酒後聆聽許秘書長之頌詞，一時感觸，除即席表示對「嚴正」二字愧不敢承外，並透露因山東省政府某廳長（後知爲教育廳長何思源）甄別審查案中的資格問題，不敢枉法徇情，以致受到各方責難，並引起院長之關切，曾屢詢辦理情形，因此深覺苦惱。辭意非常激動，似受有很大之委屈，而不得不一吐心聲者。在席同仁聞張公嚴正之心聲後，莫不肅然動容，更深敬佩之心。

五、重回銓敍部的經過

筆者於十九年十二月隨張公到杭州，任民政廳一科二股主任。廿年八月，參加第一屆高考及格，以薦任職分發浙江任用。旋即奉派爲孝豐縣長。未一月，一二八事變爆發，中樞以滬杭毗連，浙防重要，乃以曾任軍職之魯滌平主浙，張公遂卸任回鄂。筆者不久亦被認爲張公私人，而奉令「另候任用」（此爲當時無故免職之代名詞）。即於廿一年三月交卸回京，另找工作。旋見報載張公出任豫鄂皖三省剿匪總司令部黨政委員會主任委員兼監察處主任。當即赴漢晉謁，旋奉派爲上校股長，時在廿一年五月。至同年十二月，張公以總部秘書長楊永泰越權專擅，憤而辭職離去。筆者亦於廿二年一月奉銓部馬次長電促回部，任爲薦任秘書兼法規委員會委員；在此期間，曾與甄核司長宋湜先生共同研擬公務員任用、考績、撫恤及登記等法規多種，銓敘制度於此乃稍具規模，而奠其始基。至廿六年七月抗戰發生，政府西遷，銓敘部亦疏遷至渝市郊區之歌樂山。其間歷林（翔）、石（瑛）、鈕（永建）、李（培基）、賈（景德）等五任部長，以至卅四年八月因故（詳後）離部，計從事實際工作已十二年八個月矣。

六、第一、二、三屆高考戴、鈕二公自請處分之經過

考試爲國家掄才大典。明清以來，關於科場規則極爲嚴密，稍有差失，即獲重譴，甚至主考官有身罹大辟者（如咸豐年間科場案中，主考官大學士柏葰之被誅）。

民國廿年八月，國民政府舉行第一屆高等考試於南京，院長戴公任主考官兼典試委員長；爲嚴密關防，特入闈坐鎮，督促在事人員工作甚嚴。八月九日放榜後，爲免遺珠，飭將落卷分數，再加覆算時，發生一卷計分有誤，致未錄取。遂急召開典試委員會議，決准補予及格（按即參加警察行政人員考試之屠晉同年，補行榜示後，戴公召見，予以慰勉，並笑謂：「你的姓名，似對『晉』人不利，今爲沖淡其意義，別號『希良』如何？」屠當即稱謝而退，後並改以字行）。戴公以國家第一次掄才大典，便有此錯誤，殊與考試信譽大有妨礙；揆其所以致此之由，實因主管課督不週所致。爲責無旁貸，咎有攸歸，於是自請嚴正處分。國府會議結果，主考官罰俸三月；秘書長罰俸一月；承辦員司分別記過有差。其後辦理考試在事人員皆能恪恭將事，不致隕越，而使輿論翕然者，識者謂實戴公此一舉措之感召與示範。越二年舉行第二屆高考，除關防緊嚴外，一切試務，均稱順利。十二月二日，舉行及格人員授憑典禮。院長戴公以此一儀式，爲士子初入仕途參與大典之第一日，儀式務希隆重莊嚴。事先曾告誡承辦典禮人員切實注意；尤其恭讀總理遺囑後默念三分鐘，必須確實遵守，不得短少。詎司儀人員竟未遵照指示，不到一分鐘，即告默念終了。

戴公以既經明白宣示之事，結果仍有此失，首先予及格人員以不良印象，在盛怒之下，除將司儀人員議處，秘書長許宗灝予以記過處分外，並自行引咎呈請處分。此次雖未受罰俸處分，然戴公之重視禮儀，尤其選擇在頒發考試及格證書之時，作此嚴正之處置，以顯示對國家掄才大典之隆重，而不應以輕忽處之。戴公之用心，亦良苦矣。又二年，民國廿四年十一月一日，在首都、北平、西安、廣州四地舉行高、普考試，分設第一、第二兩典試委員會於南京、北平。考試院鈕副院長任第一典試委員會委員長。因國際公法科目試題中「地役」誤爲「地域」，引起應考人之質問。鈕公及第一試務處長陳大齊（考選委員會委員長）以事先失察，致有此失，請予處分；院長戴公以本身主持試政，實難免責，乃呈請併予嚴正處分。旋奉中央政治委員會決議，典試委員長罰俸一月；考試院院長、考選委員會委員長所請處分，應毋庸議。此後考試益趨緊嚴，殊少遺誤舛錯。不再有主考官罰俸之事者，則戴、鈕二公自請處分所收警惕之效有以致之。

七、甄核司長派任的趣劇

卅一年一月，銓敍部李部長培基奉命主豫，賈部長景德繼任，爲表示其開明，到任後即諭令部屬建言銓政興革事宜，以備採納施行。時有簡任秘書譚翼珪者，因兼任法規委員會紀錄工作，於是將歷年已決與未決之各案紀錄彙編成帙，作爲其個人之建議封，呈部長，賈初到任，不知就裡，觀其建議，洋洋灑灑，不下萬言，認譚爲難得之幹員（實則譚雖任簡秘，但因爲人瑣屑無能，故李部長派其在法委會任紀錄工作）。時甄核司長馬國琳先生已隨李部長到河南省政府任秘書長，懸缺待補；照考試院之傳統規律，會、部簡任人員均由院長任免，而尤重視會、部之處、司長；賈初不察，即派譚爲甄核司長。條諭發表後，全部爲之愕然；譚突獲此意外之奇遇，在驚喜之餘，不等正式派令，就到甄核司召集全司人員訓話。就在同一日，事聞於院長戴公，當著由秘書長傳諭：在甄核司長人選未定前，暫由王（子壯）、馬（洪煥）兩次長暫行代理。賈部長碰此一大釘子後，始知錯任譚某；但爲維持部長之威信，在萬般無奈下，只好將譚調長不關重要之獎恤司。在譚而言，不管是那一司，總是司長，可謂失之東隅，收之桑榆，無所謂得失；但是在賈部長方面，上任的第一砲就未打響，其心中之懊惱，當可不言而喻。

八、出長甄核司之黑馬及其作爲

在王、馬兩次長代理甄核司長期間，不到兼旬，徐道鄰即以現任簡任一級考選委員之身分，經院長戴公幾番親函敦請，並派要員促駕之下，始允屈就銓敍部簡任三級的甄核司長。此在一般人意料之外而出現的黑馬，不但其本身的來頭大（徐樹錚公子），而且其出任甄核司長，有如三顧茅廬而後出的架勢。因此其處事待人的態度均異乎尋常；而在他心目中，除院長外，誰也不放在眼下。賈部長因任譚翼珪之誤，而引來一超級之司長，不無悔恨顧忌，而有難以駕御之感。果然不久，即發生兩件不愉快的事，而導致徐之憤然離職。其一，爲任用補充辦法之擬訂。據聞徐之辭高就卑，是以改進公務員任用法爲條件；徐之所謂「改進」，就是「放寬」任用資格。因此，他到司後，就閉門擬訂非常時期現任公務員任用補充辦法。其原則在依擬任人員之學歷、經歷併計年資達一定標準者，即准予試用。故凡不合公務員任用法者，依此辦法，雖可獲得補救；然揆之公務員任用法以考試及格人員爲任用中心之精神，顯然不合。惟徐視此辦法，不啻枕中秘笈；既不徵詢司員意見，亦不呈請部長核閱，竟逕函呈院長。及奉批交部研議後，賈部長始知有此辦法。就賈部長之本意言，亦未嘗不贊成此一辦法（後該辦法終於卅一年十一月六日公布實施，可知其並不反對）；只是由於徐之越級呈遞，不但有違一般公文處理程序，亦且無視於長官之存在，其一股怨氣蘊藏胸中，自不待言。故將該辦法，提交部務會議討論時，即痛詆該辦法過於寬濫；甚至謂「窰子裡的姑娘，沒有一個沒有褲帶，今如照此辦法，豈非連褲帶都不要了？」（意謂太鬆濫，但結果竟也不要褲帶而照案通過）時徐未出席，未曾親聞妙喻，及後雖經人告知，但以事過境遷，因此隱忍未發。其次，爲某設治局呈部，請變通該局人員任用資格一案（時補充辦法尚未核定實施），徐擬准以專案變通辦理；但參事室則以在補充辦法實施前即予變通辦理，於法不合，簽請駁回，部長採納參事室意見。徐竟因此一氣而去。（顯然是借題發洩「不要褲帶之氣」）後經賈部長幾次派總務司長到寓勸駕，始悄然回部。不朞年，抗戰勝利，政府還都，徐即轉任行政院政務處長，而結束其任甄核司長之一幕。

九、院長戴公從諫如流

考試院自籌備以來，秘書處總務科長一職，皆以秘書長許崇灝兼任；科員張某主管庶務股事宜，政府西遷，曾留守京院；南京陷落後，來渝仍供原職。重慶屢遭轟炸，張某辦理救護工作，甚爲得力，戴公甚信任之。一日，以某事與許秘書長頂撞，並出言不遜；許公感於難以指揮，遂於卅年十月，堅請辭去兼職。於是侯紹文兄奉派接任總務科長。侯兄初受任，亦嘗曲意交歡張某，期其合作；無如彼傲慢不顧，侯兄勢難忍耐。適查張某有冒領工役二名米糧之嫌，乃請示秘書長如何辦理；秘書長託由爲院長辦機要之簡任秘書陳天錫（伯稼）轉呈院長；戴公展閱之餘，微露不懌之色，但未置一詞；翌日召陳秘書入，出手諭曰，侯紹文著即免職，命及時發表。陳謂侯紹文並無重大過誤，免職須有理由，予天下人以共見。戴公曰，無理由可說。陳抗辯既無理由，某不敢奉命，請收回成命，乃將手諭還戴公。於是戴公在盛怒之下，將手諭焚燬，並諭曰：「張某在院十餘年，無過有功；今以涉嫌冒領米糧二斗之細故，竟不少留餘地，你們問心安乎？」陳曰：「院長所言者情也，侯紹文所呈者法也；且所呈亦祇是請示辦理，如何斟酌情法之平，惟在院長裁量而已。今晚敢於冒犯尊嚴，亦即所以上報院長之知遇，自問於心，並無不安。」戴公是時顏稍霽。乃曰：「今夜已晚，你可睡矣。」陳於是退出。次晨，戴公又召陳秘書入臥室，出硃筆手諭，長數百言，觀之，則皆譴責張某之詞，結語免其職務，給資俾另謀生計；並命立刻宣佈，印發院、會、部全體同仁一體知曉。當同仁等奉讀手諭後，均以張某為院長親信，犯何大過，於免職後，又予資遣，都不明何故。筆者直至六十一年為陳伯稼先生編印《遲莊回憶錄》時，始知此一秘辛。爰就記憶所及，特表而出，以見戴公盛怒之下，竟能容許屬員直言極諫，終以理智克服情感，較之一般居高位握權力者之所為，相去直不可以道里計。誠足以風有位，傳不朽矣。

十、人事管理制度確立之始末

按我國在十九年考試院、銓敍部成立以前，各機關多無人事管理機構之設置；即有，亦不過在總務機構中設置人事科、股，以管理職員簽到請假之登記與派令及任狀之轉發而已。至廿八年十二月，總裁　蔣公在中央總理紀念週會上特別指示：「實行考銓與健全人事管理，為推進法治的基礎。」因而主張「主持此項要政之各機關人事處職員，必先予以統一而嚴格的訓練，再經過銓敍部分派下去，方能收到效果。」最後「希望各機關負責同志，今後應切實注意培養人事管理人才，健全人事機構的組織。已設立人事機構，應力求改進；未設立者，應迅速設立。」經此剴切訓示以後，各機關始知人事管理之重要。而人事機構亦紛紛設置於中央及地方機關中矣。在此期中，機構雖有，然在縱的方面，既無統一管理之機關；在橫的方面，亦乏相互聯繫之中心。於是在廿九年三月四日中央人事行政會議中，有於考試院內設立人事行政集中研究機構與設立中央各部會人事管理機構之建議。考試院遂因利乘便，飭由銓部擬具辦法呈核。於是「非常時期各機關人事管理暫行辦法」經過一定程序，於廿九年十二月廿日呈請國民政府公布，以爲實施統一人事管理之先聲；此辦法雖僅止於聯繫指導，但在我國人事管理制度發展過程中，實具導夫先路之功。故此辦法施行不久，考試院即奉國防最高委員會令，依照管理機關、管理辦法及實施步驟三原則，擬具「黨政軍各機關人事機構管理綱要」呈核。考試院轉令銓敘部擬辦。於是銓敘部擬具該綱要，呈請國民政府訓令施行。在此綱要中，雖明定銓敘部爲政府機關人事機構及人員之統一管理機關；但管理辦法及實施步驟，均爲原則性之規定，必須制定具體之管理法則，始能作有效之推行。乃又依照管理綱要規定之原則，擬具人事管理條例十一條，經過立法程序後，國民政府於卅年九月二日公布，並明令分定卅一年十一月一日、卅二年七月一日爲中央及地方機關開始實施本條例日期，並於地方機關實施本條例之日廢止非常時期各機關人事管理暫行辦法。至是，人事管理條例之公布，乃實際進入全面實施階段，而我國人事管理制度亦於此奠定不拔之基。

十一、部長的作官三昧與三堂會審

賈部長景德，以前清進士，歷任山西省軍政要職，深獲閻主席錫山之信任。政府西遷後，並出任閻之駐渝代表，因而與中樞建立密切關係，遂於卅年十二月，獲任銓敍部長。翌年一月五日，到任伊始，即因甄核司長人選問題之觸礁，始恍然其部長之任命，並未得到院長戴公之支持。至是乃曲意承歡。其最使戴公感動者，即係在戴公寄宿於花岩寺期間，賈因事趨謁，適値戴公午睡方酣，當誡從人不得驚動。直至傍晚戴公醒來，始知賈坐候已久，遂留與共餐後，始盡歡而別。從此，戴公對賈信任有加，而如水乳之交融，此一事也。卅一年於一次中樞集會時，委員長 蔣公亟言集體辦公與工作效率之關係。於是賈爲迎合上意，在經費極端困難之時，終於卅三年九月，建築一座規制宏偉之大辦公廳於歌樂山上，命名爲「任賢堂」。集各單位人員於一堂，部次長則高坐堂上，部長居中，兩次長則分坐於部長兩旁。乃有「三堂會審」之戲稱。此又一事也。其望風希旨也如此。識者莫不認爲賈之善於作官，非深得個中三昧者不克臻此，考試院故首席參事陳伯稼（天錫）先生在其《遲莊回憶錄》中，謂其「善觀風色，爲其成功之要素」。可謂善於觀人者矣。

十二、一聲「參屎」掛冠而去

賈部長於卅一年元月到任之初，即承派筆者爲首席參事（時已由李前部長任爲參事）。所有各司科簽呈及重要法案，均交由參事室簽註意見，可謂倚重有加；但筆者賦性戇直，只知奉公守法，從未謝恩私室，更不習於趨附奉承。且在歷任部長公忠誠正之薰陶下，一朝面對邪惡之官僚作風，猶有難以承受之感；因而逢彼之怒，從此蹈瑕抵隙，極盡吹求之能事；最後在部務會議中，竟蒙「參屎」之臭名，則不得不掛冠而去。事緣卅四年八月一次部務會議中，檢討公文限期時，賈認爲參事室常有延誤，遂以譏笑的口吻，望著筆者說：「甚麼參事，簡直是參屎。」此言一出，舉座爲之愕然。筆者以職責所在，實難容忍，乃起立抗聲說：「部長如認爲參事室延誤，本人願負責靜候處分，請即依法交付懲戒。至參事一職，爲國家法定之官制，而非個人所有之私名；今部長當衆謾罵參事爲『參屎』，則是對國家官制之公然侮辱，本人不敢承受。」言畢憤然退席，從此遂未到部。賈因知簡任人員之任免，非部長可得而專，遂亦不敢貿然免筆者之職。如此僵持至十二月，院長戴公於還都之前夕，面囑秘書長史公尙寬，關於筆者調職事須妥爲處置。不日，遂有與考選委員會專門委員侯紹文兄（侯兄本任院簡任秘書，後調任現職）對調之院令發表。至是乃悵然離部，而轉任考選委員會專門委員矣。

十三、考選會（部）之四年工作歷程

筆者於卅五年元月調任考選委員會新職後，即先後奉派到西安、武漢兩區主持復員軍官佐轉業考試；卅七年一月二十日復奉簡派爲臺灣省縣長考試、臺灣省普通行政等五類考試以及特種考試臺灣省甄別考試典試委員。此次考試，爲臺灣省光復後之第一次；考試揭曉之日，萬人空巷，竚觀放榜典禮。三種考試雖僅錄取百餘人，但於安定人心、振奮士氣之功實不可沒。時至今日，政府在臺，無論舉行任何考試，參加人士，動輒達數千人乃至數萬人之多。匯成此一壯闊之考試洪流者，未嘗非卅七年一月之臺灣三種考試奠其始基也。同年七月，考選部組織法公布後，考選委員會改制爲考選部，田公炯錦任部長。筆者承常務次長馬公蘊華（國琳）之推薦，任爲第二司司長。甫一年，因戡亂軍事逆轉，院部又於卅八年八月二次遷渝；十一月再遷成都時，筆者以家累關係，未能隨行，自請資遣。於是在考選會、部工作四年之歷程，至是乃告終結。

十四、考銓處長兩度落選帶來的幸運

卅五年二月十四日，國府公布考銓處組織條例。考試院即按全國分區設處計畫，先設十處，並以院秘書長、會、部首長組織三人小組，審擬由院、會、部提出之處長人選，呈請院長核定派任。於是考選委員會委員長陳公百年（大齊）提薦筆者爲湖北湖南考銓處長，不料在三人小組會中，賈部長堅持反對筆者出任處長；陳公不得已，只得另提秘書洪縠出任兩湖處長，並向筆者表示歉意。此考銓處長第一次被排斥落選之經過。至卅六年一月，原任安徽江西考銓處長周邦道同年轉任江西省教育廳長，處長出缺。委員長陳公又推筆者繼任；同時，院秘書處提出人事處科長夏騫同年（銓部似未提出人選）。依照資歷，以筆者較優，繼任應無問題。賈此時不便再持反對意見；惟提出前清吏部籤分辦法，主張籤選，以昭公允。經呈院長核准後，即由院秘書處在寧遠樓中置一長桌，上覆紅桌布，中置一籤筒，將候補人名，各書於紙條，分別搓成一團，投入籤筒。遂於卅六年一月八日推由賈部長主持抽籤，結果夏騫同年中籤。筆者當時雖不無「數奇」之嘆；但後鑒於十之九的處長均淪陷大陸（十處長僅兩廣之陳仲經，因處設廣州，故得隨同院部人員撤退到臺灣），非死於迫害（如川康的宋湜，於成都淪陷後，即被迫投井死），即因下放而致癱瘓（如冀魯的朱漢生，經下放廿年，致成癱瘓，現臥病貴陽），其他各處長的命運，料想亦必難倖免；以此例彼，則筆者今以衰朽之身，尚能優遊於自由天地中，而克享遐齡，未始非考銓處長兩度落選帶來之幸運也。

十五、劫後歸來入試院

卅八年十一月自請資遣後，渝市旋即淪陷。筆者遂遷居北碚，以售香烟爲業，因誤託同業某代換資遣時所發之銀元，致被繫於警所者三日（因共黨初到，仍沿用我政府頒布之金銀禁止流通辦法）。釋出後，知不可久留，乃設法取得通行證，於五月初旬乘輪東下，經武漢、廣州而到香港（沿途盤問，有驚無險）。到港之日，頓覺一身輕快，而有鳥出樊籠任意飛翔之快感。於此深覺失去自由的人始知自由之可貴。到港後，即寄寓於銓敍部次長馬公洪煥處，並一面函請考選部代部長馬公蘊華寄發入境證，俾便到部工作（在資遣時發有「日後回部，恢復原職」之部令）。詎知久無消息，乃知情勢有變，遂轉而函陳院長鈕公，請予救濟。不及一旬，即奉到專員派令及入境證各一紙，乃於七月中旬襆被入臺。報到之日，奉派爲簡任秘書（專員派令，係爲入境之用）。四十年九月，轉任參事兼人事室主任。至四十一年四月，鈕公卸任，遂亦辭去現職，隨同離院，此筆者於劫後歸來入院工作之經過。至於馬代部長所以未即函復者，後悉果係基於人事難以安排及愛護僚友之苦衷。蓋蘊公愛我厚我之深，倘非有難言之隱，必不拒我於離難之中也。

十六、考試院的三代同堂

考試院副院長鈕公，黨國耆宿，勳望崇隆，世罕其匹。自卅八年十一月，奉令代理院長職務以來，時歷二年有餘，未獲眞除；且於四十一年四月十日，而有最後辭去本兼職務之呈請，終邀允准。可謂求仁得仁。公代理院長期間，以自身旣係代理，對於兩部首長不欲另易新人。其時銓敍部部長沈鴻烈早於卅八年卸任，奉派該部政務次長皮作瓊代理部務，並由院呈明常務次長馬洪煥留港期間，擬派登記司司長羅萬類暫行兼代。至考選部，則因部長田炯錦於卅九年三月奉令轉任行政院政務委員，呈請辭職，經院據情轉呈，並請令准以該部常務次長馬國琳代理部務。又於九月呈准在常務次長馬國琳代理部務期間，以前廣東廣西考銓處處長陳仲經（按即院首席參事陳伯稼先生之介弟）代理考選部常務次長。以上爲考試院院長以及所屬兩部部、次長，皆爲代理之情形，此種全般代理現象，在政府各機關中，向所未有。故時人戲稱之爲「三代同堂」（實爲五代），然此亦鈕公過於謙退之所致也。

十七、窄路相逢義無反顧

四十一年四月十日，考試院代院長鈕公請辭獲准；旋奉總統明令，特任賈景德為考試院院長。筆者獲悉此項消息後，腦海中頓時浮現「參屎」之一幕。此番不意竟再度相逢。為避免重被「參屎」臭名，勢將義無反顧而無所留戀。遂在其未到院就任前，向鈕公提出辭呈。公初以為一般例行故事，當批「慰留」；經筆者面陳必須引退之原因後，公亦認為勢難留任，遂慨然批准，並不待筆者之請求，即面囑金參事體乾擬函介薦筆者於行政院院長陳公辭修，並經政院參事郭外川同學之特意安排，聘任筆者為參議兼法規委員會委員。遂於五月一日到院。於是筆者後廿年之公務員生活從此開始，以至五十八年退休而告終止。惟此次轉職政院，正值各機關人事凍結之時，若無鈕公之函薦，殊難進入政院工作。尤可感者：即鈕公近親符君亦同時辭秘書職，其需要工作，尤甚於筆者；但公竟置而不顧，先將筆者安置妥當後，再為符君函介於行政院院長陳公，獲任光復設計委員會委員。公之先疏而後親，先遠而後近；其激於正義，而厚於部屬，誠令筆者銘諸肺腑而永難忘懷也。

十八、鈕公廉潔之風尚與謙和之盛德

鈕公於卅八年國勢飄搖之際，受命以考試院副院長代理院長職務後，舉凡試政之推行，院、部之疏遷，房舍之興建，乃至員工子女之教育，事無鉅細，無不躬親策劃，積極進行。故不到三年之任期內，其輝煌之政績，已為人所共曉，毋庸贅述。惟其廉潔之風尚與謙和之盛德，則鮮為人知。茲舉述二三事以誌景仰於不忘。公持身謹嚴，守正不阿，無論在銓敍部長或考試院代院長任內，所有應領之特別辦公費或機密費，均分文不取。對於該項開支，悉有定程，咸歸公用。雖恪守毋庸報銷定例，卻自動與衆公開。此種廉潔風尚，殆足永垂模楷，此一事也。公之處世，不但於事無爭，而且對人寬厚，尤以對部屬之謙和，殆無倫比。其延見部屬也，無論職位高低及在任何場所，見必起立，行必起送，言必稱先生而不名。偶有不愜於意，則溫語指示，從不疾言厲色。初以為首次謁見，特予禮遇，繼而每見均如此。始知公之謙德廣被，不因時、因地、因人而稍異。以視一般居高位之官僚，頤指氣使，肆意謾罵，視部屬如草芥者，其善惡之差不啻天壤，此又一事也。至於歲時伏臘，或過節慶，公必召部屬至其廨邸，饗以茶點。公與夫人周旋於其間，殷情招待，閒話家常，親如家人。與會者無不有如歸之感。綜括言之：公之施政，實有造於艱難之時會；公之御下，則有如春風之廣被。可謂庶績咸熙，衆情翕服，斯非個人之私頌，尤爲兆民所永懷。

十九、京院改建之概況與發人深省之楹聯

南京關岳廟改建考試院，於十八年五月落成。舊東西兩廳改建九楹樓屋，東爲考選委員會，西爲銓敍部；寢殿東西兩廊修建五楹樓房，連同寢殿，均爲考試院辦公之所；原有正殿穿堂，作爲禮堂及接待室。大門外照牆，髹而新之，一面書「教養有道，則天無枉生之材；鼓勵以方，則野無抑鬱之士；任使得法，則朝無倖進之徒」。接待室懸二聯：一曰「入此門來，莫作升官發財思想；出此門去，要有修己安人工夫」。一曰「務材訓農，通商惠工；敬教勸學，授方任能」。禮堂懸楹聯曰：「要恢復固有道德智能，才能把中國民族從根救起來；要造成眞正平等自由，必須把世界文化迎頭趕上去」。本院之正面辦公處所，懸一聯曰：「從困學中造智仁勇；在力

行上做清愼勤」。以上各聯，皆本之經典或 國父遺敎，由院長戴公親書而成。二十二年十月，考場落成，全部共三座：中座爲大九楹樓房，左右兩座各爲七楹平房，均爲東方式，命名「明志樓」。戴公撰書一聯曰：「作人當立大志，徹始徹終，有爲有守；求學須定宗旨，知本知末，通古通今」。凡此各聯，寓意深遠，頗足發人深省。今聞京院已淪爲中共南京市政府辦公處所（南京友人函告）。所有懸聯，當已廢置不存。茲錄舉如上，藉知戴公教民化俗之苦心，而思有以振衰起弊，志切匡復，則聯雖不存，而其流風餘韻將永留於天地間也。

(7) 救護考銓兩部之經過

考試院所屬考選、銓敍兩部，自民國十九年元月成立以來，在歷任首長督導推展下，部務進展日增月盛，逐漸成長，以至現在宏大之規模。詎知兩部在成長過程中，艱難險阻幾遭裁撤之命運；倘非兩部首長運用得當，努力奮鬪，則兩部早成歷史上之陳跡，何來今日之輝煌成果！回憶當年在救護兩部運動中，奔走最勤，出力最多者，當推考選部常務次長馬公國琳，撫今思昔，能不感念其艱辛救護之功？茲特就當年立法院建議裁撤兩部，及兩部首長致力救部運動之經過追述如左，以見兩部締造之不易，寄望今後之來者以珍惜過去，保持現狀，進而策勵未來也。

當民國卅六年元旦憲法公布；三、四月間，又先後公布依憲法制定之五院組織法後，時值倡導與共黨和談階段。立法院爲緊縮中央機關組織，除通過修正行政院組織法，合併爲八部會外，忽又倡議修改考試院組織法，將所屬考選、銓敍兩部，併予裁撤，正在法制委員會審議中。時院部正疏遷梧州，消息傳來，考選部田部長炯錦聞訊後，即會同銓敍部皮代部長作瓊（時沈部長成章已辭職，由皮替代）及考選部馬次長國琳即日馳赴廣州，獲悉裁部之議，立法院頗爲堅決，有難以挽救之勢。田部長等再三考慮，認爲縱無挽救希望，但亦不能坐待其裁撤而不一試。乃決赴南京一行，作最後之努力，以期救護於未然；到達南京後即分途訪候熟識立法委員，陳述兩部不宜裁撤理由。因自戡亂軍事挫敗，多數立委心理上不無突異變態，議場中凡提議裁撤機關，則互相鼓掌，認爲革新；遇有相反言論，即目爲腐化，羣起攻訐；平日縱饒聲望、質直敢言諸立委，際此反常氣氛，亦多不免爲之氣餒退縮，以致進行疏通頗感困難。三人中以馬次長在立委方面交游最廣，對於院部情況又最爲明晰，且擅言辭，於是推其多負疏通說服責任。馬次長從事奔走接洽，不敢告勞。諸立委日間每多參加各種會議，趨訪常難相値。晤面機會多在夜間散會之時，是以進行疏解，常在夜深人靜，方得言歸。如此者廿日中，殆無虛夕。及四月某日，立法院法制委員會審查會，最後開會討論修改考試院組織法案，馬次長到會列席，面臨對設置機關爭權而不負責之攻擊問題，將考試院成立廿年，始終僅有考選、銓敍兩機關職掌分明，權責清楚，既無疊床架屋之病，亦無攬權諉責之嫌，如不計原有轄屬多寡，一律將始終如一之考試院組織比例行政院裁汰附屬機關，殊非事理之平等理由，痛切陳辭，當場博得多數立委同情，決議維持考試院組織法，不予修改，提經院會通過。至是，考選、銓敍兩部遂經裁撤邊緣而起死回生，吾人今日回溯當年舌敝唇焦，奔走斡旋之功，舍馬公國琳，其誰與歸？

(8)重慶市郊歌樂山淪陷前後之驚險遭遇

考試院及考選、銓敍兩部先後疏遷重慶歌樂山區者凡兩次：第一次於民國廿七年元月日寇入侵初期，分自西安、武昌疏遷渝郊歌樂山區，歷經八年抗戰而勝利還都；第二次，則在民國卅八年八月戡亂軍事逆轉時，先遷梧州，從而再度疏遷歌樂山，最後又轉徙成都而展轉入臺。兩次播遷中，我均隨機關行動；惟第二次由歌樂山再西遷成都時，則以家累難行，自請資遣，於是留居山區，直至渝市淪陷後，始冒險犯難，投奔臺灣；結束我五月陷區，歷經多難之生活。在大陸淪陷將近四十年之今日，海峽兩岸之形勢，雖日漸緩和，但中共始終不放棄武力侵臺之陰謀，今於追述歌樂山區淪陷前後之經歷，能無銅駝荊棘之嘆而忘居安思危之訓？

一、別矣金陵何日重來

金陵爲六朝故都，明太祖都此，改爲應天府。至成祖遷都燕京，遂稱燕京爲北京，而稱應天爲南京。民國建立，於十六年（一九二七）劃置爲南京市，並定爲首都，地處長江下游，城郭巍巍，內有清淳、雞鳴、獅子諸山，或攬形勝，或饒清幽，雄偉秀麗，形勢天成，夙有龍蟠虎踞之稱。至於名勝古蹟，則有明孝陵、玄武湖、雞鳴寺、秦淮河、莫愁湖等，湖光山色，美不勝收。我之所以爲學就業於此，即愛其有城市山林之寧靜，而無一般都市之煩囂。故卅年來，除二年旅浙，八年居渝外，未嘗一日少離。今不幸共黨倡亂，神州陸沉，遂使山川失色，勝地蒙羞。政府在共軍兵臨城下之前，遂於民國卅八年（一九四九）一月，遷移廣州。考試院與考銓兩部，則暫遷廣西梧州待命。於是不得不告別我可愛的金陵，隨院部以去。從此別卻江南日，化作啼鵑帶血歸，誦文天祥過金陵驛詩句，則又不禁與之同慨也。

二、還渝途中身心交瘁

民國卅八年（一九四九）六月，政府既決定疏遷重慶，行政院遂即核定赴渝陸空運日期。分自八月一日及三日開始。考試院及考銓兩部獲得通知後，即先由考選部馬次長赴渝洽定，仍以抗戰時期在歌樂山之舊址爲辦公處所，並借用藥專校舍爲眷屬宿舍。於是院部員眷即自梧州起程到廣州候機。至八月八日，始搭乘專機自廣州白雲機場起飛到重慶白市驛機場，再換乘卡車抵達疏遷之歌樂山。此次由穗至渝，在運行途中，不過七八小時，但影響於員眷之身心健康者則甚大。蓋我等所乘之飛機，爲一運輸機，既無座位可坐，且機艙中堆滿公物行李，毫無迴旋之餘地。經數小時之蜷伏，已感憊莫能興，及至白市驛乘車赴歌樂山時，則以公路失修，顛簸不堪，更有難以支持之苦。加以此次疏遷，正處於戡亂軍事急劇逆轉之時，前途茫茫，不知何處是歸宿之所。以故所有員眷之心情均異常沉重，則其體力及精神之創痛不言可喻，而我在此次播遷中，自亦有身心交瘁之感，而認爲自疏遷以來所未有之遭遇也。

三、舊地重來景物全非

我在抗戰期間，居歌樂山達八年之久，對於當地之每一景物，均留有深刻印象。此番舊地重來，有如遊子還鄉，興奮之情，不免油然而生；及至視線所觸，則覺整個山區，竟充滿蕭瑟淒涼現象，而有景物全非之感。蓋昔日評衡考試成績之衡鑑大樓與主管全國人事之銓部公廨竟成一片廢墟。其倖存者則爲試院之大禮堂與當時銓部賈部長景德據以自炫之任賢堂兩所磚屋，僅亦徒留四壁而已。此昔日考試院及考銓會部辦公處毀廢之情形也。至若昔日山區熙攘之市集，今則人煙寥落，幾成犬奔豕突之區；而千村萬落間，又多荆杞叢生，無復禾生隴畝，欣欣向榮之生氣矣。一般村民，於寧靜生活中驟見我等湧至，均不禁惶然驚問：「客從何處來？」及我等居處稍定，村民遂亦漸次聚集，供需有無。山區蕭條之象，正待復蘇之際，不意漁陽鼙鼓又動地而來。不僅使山區復甦之機，如曇花一現，且將深陷於赤色恐怖之境。因嘆世事變化之劇急，未有甚於此時者也。

四、院部遷蓉竚送道左

民國卅八年（一九四九）八月，院部員眷奉令疏遷重慶郊區之歌樂山後，不到四月，戡亂軍事急劇惡化，重慶面臨戰爭威脅。於是政府又有遷移成都之命。院部員眷遂又不得不收拾行裝，隨同政府西遷。時我因家累太重，且室人又有身孕，在人與物滿載之卡車中，長途跋涉，難免不發生危險。乃毅然決定於啓行之前夕自請疏散，暫留現地，徐圖他遷之計。時在十一月廿八日，院部員眷離山之時，我與同時自請疏散之部視察范直昌（壽臧）同年竚立路旁，目送滿載院部員眷及公物行李之車隊，駛上公路西行後，正相與喟歎間，忽見一輛車急駛而至，停於我二人前，車門開處，走下二人，始知爲馬代部長（時田部長已離渝到臺，由次長馬國琳先生代理部務）與總務司司長竇景椿，臨別之頃，相見道左，均不禁黯然神傷，大有「無語問蒼天」之意。彼此正愕然相顧時，馬代部長旋由行篋中取出銀元四十枚及「疏散人員保留原職，以後到達政府所在地時，即予復任」之部令兩紙，分給我二人後，即互道珍重，揮手登車疾駛而去。此一別離情景，至今猶歷歷在目也。

五、歌樂山麓頓成鬼域

民國卅八年（一九四九）十一月廿八日政府撤離重慶，遷移成都後，重慶成眞空狀態。尤其歌樂山區，連日自前方敗退之胡宗南部散兵，三兩成羣，絡繹不絕的通過公路，走向渝市而去，狀雖狼狽，但尙能嚴守紀律，絲毫無犯。時我已由藥專宿舍遷住於公路旁一茶館樓上。因聞夜間將有大批散兵過境，恐被騷擾，遂即避於靜石灣之朱家院子。是夜果有大批部隊通過公路，車磷馬嘯，聲聞遐邇。而此批過境部隊，大概久困戰場，又爲飢寒所迫，以致紀律廢弛，所過之處，竟大肆搜索食物。其無人居處，則破扉直入，掠奪一空。翌晨起視則每戶門窗洞開，衣物器俱散棄滿地，公路兩旁，則已十室九空，多已棄家逃避矣。並聞有逃避不及，將初生之嬰兒棄之不顧，致凍死室中者，淒慘之狀，見者酸鼻，歌樂山麓一夜之間，頓成鬼域矣。

六、一夜砲聲河山變色

民國卅八年（一九四九）十一月，共軍入渝之前夕，我在朱家院住宿一宵後，以其鄰近公路，過於暴露，不甚安全。乃經人介紹，遷居山上某一富商的別墅，（田部長曾厲此）因處於山林之中，極爲隱蔽。是夜居此，以爲可安枕無憂；不意時當夜半，忽爲砲聲所驚醒。霎時間，轟隆之聲，由遠而近，震耳欲聾，亟披衣起，坐以待旦，東方既白，砲聲逐漸稀疏，以至於沉寂，山林中亦復歸於寧靜矣。旋據鄰人走告，始知共軍已於凌晨進入渝市，一夜之間，河山遽然變色。共軍之來，何其如此之速耶。大勢已定，我等遂襆被下山，仍返原處，時爲民國卅八年十一月三十日也。

七、遷居北碚隱名業商

在政府遷移成都期間，我爲隱蔽身份，曾託在重慶市政府任總務科長的伍心鎮君，（曾任考選委員會科長）爲我取得「李寄萍業商」之身分證，於重慶易幟後，遷居於以北溫泉馳名之北碚，與我的好友，也是我的親家（大兒的岳父）馬紀五兄同住，並於門前擺一香煙攤，藉爲市隱，而資存活。及後爲一同行婦人所紿，因兌換銀元事而被繫獄三日，我的香煙攤遂亦因之而收歇矣。

八、五月遺民淚盡紅塵

我於民國卅八年（一九四九）十二月初旬遷居北碚。至卅九年（一九五〇）五月離渝赴港時，計作陷區遺民者，達五閱月之久；在此期間，幾無日無會，（如讀書會，學習會，里鄰會，小組會等）每會必須參加，且必須發言，眞可謂無「不說話的自由」，而令人有疲於奔命之苦。每與具有同感之鄰友偶見國軍飛機一、二架次飛臨上空時，暗自驚喜，相與耳語說：「瞎子磨刀，快了。」意即謂「國軍反攻快了。」不禁共作會心之一笑。但日復一日，不見國軍踪影，終於希望破滅，而不勝唏噓「遺民淚盡胡塵裏，南望王師又一年」這兩句詩，不啻表達了我們當時度日如年的痛苦心情。及見一般舊日同僚汲汲投靠之窘狀，正如唐人詩云：「淒涼蜀故伎，來舞魏宮前」，敗亡之民，窮蹙若此，可為浩歎。

九、誤聽謊言繫獄三日

在我售香煙期間，認識一同行名叫連燕翼的婦人，因誤信其代兌銀元的謊言，且不知中共據有渝市後仍沿用我政府頒布之「金銀禁止流通辦法」，故託其兌換銀元若干枚。不料連婦將銀元取去，不一刻即隨同武裝共幹二人前來，不問情由，即將我與我同住之馬紀五兄一併帶到公安局，不加訊問，即予拘留。三日後，始命我倆交保開釋。我倆在繫獄期間，雖僅三日，但所受的苦難，實為畢生所未有。牢房中空無一物，我倆竚立到晚，始擁家人送來之被，睡在地板上，至午夜忽然進來廿餘人，與我們擁在一起，共蓋一被，致弄得滿身蚤虱，奇癢不堪。幸有馬兄一同受難，我不但在苦難中，得其多方安慰鼓勵，使我的精神免於崩潰，且賴其青幫老大的關係，始有人願為作保，將我連帶保出。否則我們將不易獲釋，其後果更難想像。我經此次牢獄之災，覺重慶終非久安之處，因而亟謀遠走之計，以求更生。

十、歷經險阻投奔臺瀛

我於民國卅九年（一九五〇）三月，經友人李君作保，取得路條（即通行證）後，即舉家遷居重慶。同時並託南強輪船公司總經理伍極中兄（一屆高考同年）購得五月五日赴宜昌船票。及期告別家人，由大兒祖耀，二兒祖輝送我上船。啓椗時始黯然別去。是晚停泊萬縣，上岸訪晤沙洋陳大興綢緞號之三昆仲，於敍闊之餘，承其款我以盛饌，餽我以程儀，於愁魘旅途中，獲此溫情，能無心感。翌日抵宜昌，隨即換輪東下，到漢口後，爲避免查店之煩，擬投宿江漢新村友人何祥林兄寓所。至則見屋內門窗緊閉，凌亂不堪，非復昔日之景象，知有變故，遂轉赴武昌訪晤前銓敍部同事王愷兄，告以來意；伊當欣然接待，謂其寓中，住有一段長，只須向其登記，即可安然無事。於是在王處度過一宵，翌晨渡江乘粵漢路車，到達廣州，寓愛羣旅社。因聞廣九交界之羅湖有港警駐守，無照過此者均被遣回。因而不敢貿然啓行，當承同行之銓部同事曾雨如兄留住其廣州家中，伺機待發。一日出遊，見市中招貼某公司發售由廣州經澳門到香港之聯運船票。因可避免羅湖之阻難，遂決離穗赴港，乃謝別曾兄，乘船至石岐，換乘巴士直達澳門輪船碼頭，登上赴港之渡輪，而順利抵達渴望之香港。頓覺一身輕快，有如鳥出樊籠，任意飛翔之感。於此可知失去自由之人更覺自由之可貴。居港月餘，展轉接到考試院寄來之入境證，遂即襆被入臺，以完成數月嚮往萬里投奔之願望。按此行迢迢萬里，關山險阻，雖攜有路條，但在長途跋涉中，仍不免險難橫生。所幸天相吉人，均能平安度過，誕登彼岸。茲將旅途中所經風險，舉其大者，記述如左：

㈠沙面遇險：我羈旅廣州時，一日，同曾雨如兄赴沙面訪其友人某（上海銀行經理），至則見其門外懸掛「中國石油公司」銅牌，曾正在門外張望間，忽有身著藍制服之共幹，出問曾兄：「爲何向內張望？」隨即將曾帶入門內，歷久未出。我則匿於樹後窺伺之。未幾，見有共幹三四人，擁曾而出。曾見我即說：「他們當我爲白撞，（白日撞門行竊之意）要送我到公安局。」我還未答話，即被一併帶到公安局。時値星期日，由一値班之女共幹出問：「何事？」當由曾告以經過，女共幹命書一條，著人送到某經理處。不一刻，某經理夫人到來，見曾驚詢其故，女共幹見狀，知曾言不誣。遂命某經理夫人具狀將我倆保出。始知某經理之住宅於廣州淪陷後爲石油公司所佔據，曾兄不知，故有此誤。當我連帶被送到公安局時，衣袋有一寫好待寄臺灣考選部馬代部長之函，幸未被發現，否則恐難輕易釋出，而招來不測之禍矣。我經此有驚無險之意外事件後，不顧一切，決定離穗赴港矣。

㈡虎門驚魂：五月下旬某日傍晚，登上開往石岐之汽輪後，念及香港指日可到，心情爲之一舒。未幾，船經虎門，停航檢查。一時有操北音之共軍兵士十餘人蜂擁而上，衝入艙中，不問有無路條，除嚴加盤問外，並翻箱倒篋，搜查殆遍。我因手提箱中，有在臺灣任縣長考試典試委員時，與同人攝影多張，並註有「臺灣」字樣。若被發現，則後果之嚴重，不難想像。正想設法消滅時，則彼等已簇擁而來。我措手不及，只得硬著頭皮，鎮定應付。正在彼等命我打開箱蓋的一霎那，忽聞集合哨聲，該兵士等略一翻視，不及細查，即匆匆出艙下船而去。則我已汗濕衫襟矣。驚魂稍定，即將攝影一包，投於河中，以絕後患。

㈢香港闖關：在由澳乘輪赴港途中，以爲香江在望，不勝興奮；正在甲板上觀賞海岸風景時，忽有一茶房問我有無入港證件，如無入境證，有被遣返的可能。

並謂上次赴港的無證旅客，均由原船遣返。囑我注意。我聞其警告後，頓時心情由興奮而變爲驚惶。乃向其詢求救濟之策。該茶房沉思有頃，乃教我於船靠躉船後，隻身先行下船，只要從跳板轉到躉船上，就算過關，他就將行李爲我送下。正商談間，船已抵埠，我只見港警多人，走上躉船的跳板後，不知何故，竟都面向外，背對背的分站在跳板兩邊，旅客從彼等背後通過。我見狀即隨衆旅客之後，急步穿越港警站立的跳板，轉身而到躉船上，好心的茶房，從船邊見我已站在躉船上，遂將行李送下。我當給以港幣十元，以酬其勞。我就這樣意外的闖過港警而順利到達自由的香港。我到香港後，即專函籲請考試院發寄入境證，遂於七月初抵達臺北，結束我流離艱苦之生活而喜慶更生矣。今於四十年後回首前塵，猶不勝陶然自喜也，爰賦長歌藉抒情懷，並以結束吾文，歌曰：

厄運遘陽九，刀叢迫流走，大地慨陸沉，間關逃縶辱，芒鞋達行在，喜色動河嶽，還我自由身，得還萬事足，臺瀛即故鄉，故鄉無此厚，忽作美洲僑，歸心逐浪高，九旬懷故舊，一杖上征橈，視友皆俊茂，國勢益雄豪，餘生更世變，回首樂陶陶。

⑼ 一九八九年加州地震驚魂記

一九八九年十月十七日下午五時，余正在客廳搖椅上假寐，忽覺一陣搖擺，知爲地震，正擬起避時，又一陣劇烈的搖擺，室內器物紛紛墜地，在此千鈞一髮之時，我右側的高達五層之書架向我右側傾倒，幸爲其前置之脚踏車擋住，但架上之一大玻璃盤卻飛落於我胸前，將我手腕上之錶鍊打斷，事後檢視，不但我左手腕未受傷害，即手錶亦未見損壞，事後檢討，倘書架或玻盤倒擊我的頭部，雖不致死，亦必受重傷，且在全市慌亂之中，電話不通，呼救無門，後果將不堪設想。在驚魂甫定之餘，不但私自慶幸，即左右鄰舍聞之，亦莫不嘆爲奇蹟也。

⑽ 美國萬盛（亦稱聖）節之由來及其各種活動

我國的中元節（七月七日）俗稱鬼節，每值此日，幾無人不莊嚴虔誠的祭掃祖墓，具有愼終追遠的深厚意義，而美國每年十月卅一日的所謂萬盛（聖）節亦稱爲鬼節，但已流入怪異荒誕供人玩樂嬉戲的節日，與我國中元節之莊嚴肅穆，相去眞不可以道里計，茲將美國的萬盛（聖）節的由來及其各種活動綜合述之如左。

根據考證，萬盛節是源於蘇格蘭及愛爾蘭一帶的鬼節，其「敬鬼」的基本精神則來自塞爾特人。中國也有「鬼節」，不過中國的鬼節仍忠於歷史，供祭品、燒紙錢，冥冥中有濃郁的悲劇氣氛。西方的鬼節則從「敬鬼」的宗教性儀式變成「對鬼大不敬」的喜鬧劇節日，至於爲何如此這般，相信「鬼也不知道」。

相傳千年以前的塞爾特人有兩大神——太陽神與鬼神，鬼神的節日定在十一月一日（即塞爾特人的新年元旦），到了九、十世紀，在十一月一日祭鬼的活動漸漸變成基督教儀式，以懷悼先人的靈魂。

「HOLLOWEEN」指的是「ALL HOLLOWS EVE」（鬼節的前夕），我們翻成「萬聖節」也是十分恰當，因爲在中古歐洲，人們相信在鬼節的前夕，所有的精靈仙子、巫婆都來到人世，是各式鬼怪的大集合日，在傳統中，人們還在戶外燒火來驅逐他們，並同時玩各種預測未來的遊戲。

蘇格蘭及愛爾蘭人將這習俗帶到美國，老美以南瓜代替原來的蕪菁（TURNIP），刻出傑克瓜燈（JACK-O-LANTERN），年輕男女及孩童也仿愛作怪的小精靈，在這一天大作其怪，穿得千奇百怪不說，還好惡作劇。

平常不怎麼出色的南瓜，到了十月中旬就突然揚眉吐氣起來，在大城小鎮笑嘻嘻的展露它橘紅色的瓜皮。主婦用它做南瓜麵包、南瓜派、南瓜子，孩童在瓜皮上又刻又劃，做出奇異有趣的瓜燈。

化裝舞會也是萬盛節的好戲之一，海盜、仙女、凱撒大帝已經不新奇了，有人裝成葡萄、木瓜及其他無以名之東西，據一位美國主婦說，化裝的原則，在於「廢物利用」，審美觀反而不重要了。「好笑」、「嚇人」反而更引人注目。

「TRICK OR TREAT」的選擇，是最讓小孩興奮的。十月卅一日晚餐時分，家長把孩子裝扮妥當，讓他們在鄰里挨家挨戶的拜訪，給糖、餅乾吃最好，不給，就將主人作弄一番，不過現在作弄的程度已比從前少了，通常不具破壞性。

祭悼鬼魂的精神，已被各種人造的妖魔鬼怪取代，所謂的「鬼屋」，仿佛恐怖卡通片的佈景，其中包括好萊塢創造的恐怖角色。

萬盛節不僅是小孩的節目，大人也來湊熱鬧，有的公司卅一日下午就開始過節了，男女職員穿了怪衣服來上班，還參加比賽，獎品是休假一天。有些年輕男女做孩子頭，跑到鄰里住家去問：「TRICK OR TRINK?」

綜合說來，萬盛節已失去原義，而是日常緊張生活中一個難得不拘小節的放鬆時刻，老中入境隨俗，也開始在這幾天化裝舞會，在嚴肅的民族性格中，加入些許詼諧和開懷。

⑾北美萬佛城佛教大學遊覽紀實

一九九一年五月廿一日，我同室人及耆英會友劉君相約往遊舉世聞名之北加州萬佛城，我們先一日寄宿於舊金山華埠旅社，翌晨六時，搭乘包車過金門大橋向北直馳，歷二小時始達美國唯一佛教聖地之萬佛城。是日（辛未四月初八日）適爲佛教之浴佛節。全城僧衆及大學生徒正聚集於萬佛殿誦經禮佛。我等躬逢其盛，遂亦入殿參與禮拜誦經。禮畢，即相率出殿至一尊銅佛像前，每人舀取一勺水，傾淋於銅佛頂上，是即所謂浴佛。浴佛儀式完畢，時已及午，遂移步至膳室午餐，膳室大可容數千人，僧衆魚貫入座，三主持僧則坐於枱上，坐定後，先誦經，然後由一服務僧攜飯菜至每一僧座前，各舀飯菜一勺，之後由主持僧一聲開動，於是衆箸齊舉，在毫無聲息之下完成午餐，魚貫而出，接著是遊客就餐。飯菜一如僧衆，除飯外，經白水煮之白菜一碗，雖淡而無味，然在飢不擇食之下，亦不覺甘之如飴。我等食畢，稍事休息，即到處參觀，至下午三時舉行放生儀式，因放生池距離較遠，故未隨去。即於四時仍乘原車歸，至舊金山。萬佛城一日之遊遂告結束，至萬佛城之創立發展與各國僧徒之薈集一城，據觀察所得述說於次：

佛教是智慧教，北加州萬佛城佛教大學的教育宗旨，就是要開啓學生的智慧，向善做好人，廿七日該大學首屆畢業典禮中，將有卅五位畢業生獲學士、碩士及博士學位。

在舊金山北邊一百多哩外的達摩鎮（Talmage），佔地四百八十英畝的萬佛城，就是法界佛教大學的校址，那塊地，本是加州州政府的醫療院，一九七六年州政府因財務困難，公開拍賣。

佛教界人士買下了萬佛城，修建了萬佛殿，同時設立了法界佛教大學，七年來，佛教大學默默耕耘，教育出卅五位來自不同國度的學生，他們分別取得學士、碩士和博士學位。由於廿七日的畢業典禮，使得許多從未聽說過萬佛城的人，想一睹佛教聖地的面貌。

雖然從不宣傳，萬佛城早已成了國際間知名的道場，法界佛教大學也成爲國際性的佛教大學。

佛教大學裡多的是臥虎藏龍的高手，哈佛、史丹福的高材生比比皆是。難得的是，不管出家人也好，帶髮修行也好，大家都過著極爲清苦的生活，物質上眞是只有「簡單」兩個字可以形容。

萬佛城從來不買菜，說來難以令人置信，萬佛城常在舊金山揀菜市場丟棄的剩青菜，一部份則靠信徒供養，萬佛城的原則是——不攀緣。

佛教大學的恆道說的好，「我們要有骨氣」！恆道說，佛教之所以在東方沒落，就是因爲「要錢」。萬佛城在宣化上人的主持下，眞正有心振興佛教，因此佛教大學在挑選學生時特別注重德行，希望學生們經得起千錘百鍊，爲宣揚佛教擔負起重任。

「開天闢地」是萬佛城建起的情況，「自力更生」是城內四衆弟子們生活的寫照，恆道說，「我們生活很苦，許多人一天只吃一餐」，可是萬佛城「對外人絕不刻薄」，不但供應三餐，還把設備最好的房間給客人住。

佛教大學是向美國聯邦和加州註冊合格的私立大學，也經移民局認可，可以發給外籍學生I-20。每一年，法界佛教大學收到幾百人申請入學，學校不管學生以前的學歷如何，一定先要求學生說明爲什麼要唸佛教大學？事實上，沒有誠心、吃不了苦的，也受不了萬佛城裡暮鼓晨鐘的清寂。

法界佛教大學現有虛雲佛學修持學院、翻譯學院、妙新醫學及文理學院等，學校裡也教授藝術方面的課程，萬佛城裡的佛像，就是學生在工廠裡自製的。

七年來，很多一心向佛的語言博士，在萬佛城譯出了一百多部經典，分別翻譯爲英、法、德、西班牙等不同文字。

憑著誠心，萬佛城一日比一日受到佛教界重視，宣化上人的智慧、德行、慈悲，更使許多法力很高的人，自動拜在他的門下，宣化上人目前是佛教大學校長，他不愛出風頭，不喜英雄式崇拜，任何場合，永遠把學生擺在前面！

去了佛教大學，想不乖乖讀書也行不通，學校用心血栽培學生，期待他們眞正幫助社會、造福世界，學生虔心修行，努力實現佛教的古老宗旨。

誠如恆道所說：「修行全憑感應」，道場的四衆弟子（比丘、比丘尼、男居士、女居士）雖然生活辛苦，可是精神快樂，因爲他們明瞭世上一切虛惘，眞正實用的東西有精神！

⑿父母節的由來

在美國每年五月的第二個星期日定爲母親節，六月的第三個星期日定爲父親節。母親節不但是美國的國定紀念日，而且在國際間亦定五月十一日爲母親節，至於父親節現在僅爲民間的節日，但全美國人民每逢父親節紀念之熱烈、歡欣鼓舞並不遜於母親節，此兩節日究經何而起，恐爲一般人所未盡知，茲特依據相關典籍記載，依其發起之先後分述其由來如次：

一、母親節的由來

訂定每年向母親致敬的日子，在美加以每年五月第二個星期日爲母親節，此舉係由加維斯女士（Anna M. Javs）所發起，加氏之母死於一九〇五年五月九日，此後她每年此日都虔誠的追思她逝世的母親，並鼓勵世人舉辦敬母大會，此外她又寫信給社會賢達與民意代表等，致力於母親節的慶祝，至一九一三年其家鄉賓州和美國國會始通過決定以每年五月的第二個星期日爲母親節，母視已去世的，其子女則佩戴白色康乃馨，健在的則佩戴紅色康乃馨以資紀念，至國際間的母親節則訂在每年五月十一日，此母親節日之由來也。

二、父親節的由來

自從母親節開始推動後，即有人相繼的倡議父親節。

西維琴尼亞州 Fairmont 鎮的克萊根 Charles Clayton 太太認爲父親也該被重視，便於一九〇八年請她的教會，在七月五日舉行了一次父親日的紀念禮拜。因而，有人說，那次禮拜，該是最早的父親節的慶祝儀式了。

華盛頓州 Spokane 市的陶德 (Jhon Bruce Dodd) 太太，母親早逝，兄弟姊妹六人，都由父親扶養成人。一九〇九年，當她在教堂聽到牧師爲母親節佈道，述說母親的偉大時，她想到的，卻是她的父親。她想到父親的慈祥，也想到他扶育他們六個孩子的艱辛。她覺得該有個父親節才對。遂與一些有見識的人討論，得到了贊助與鼓勵。次年，她便寫信給 Spokane 教會的領袖 Conrad Bluhm 牧師，希望他選定六月份（她父親生月）的一個星期天，舉行一次特別佈道，提醒教友，該孝敬父親。牧師便照做了。那次，當她在教堂裡聽到牧師在講臺上讚揚她的父親時，覺得非常欣慰。

芝加哥 Uptowns Lions Club 的主席哈瑞·米克（Harry C. Meek）曾於一九一五年回老家肯塔克省親，回到芝加哥後，便深覺該有個父親節。他將他的想法向會員提出後，也得到良好的反應。大家不僅贊同，還協助策畫，並選定一九二〇年六月廿五日，一個最接近米克生日的星期日，舉行第一次慶祝大會。會中，他們用「Lions Club Of America」的名義，送了一隻金錶給他。在那隻錶上，刻著：「給哈瑞·米克，父親節創始人。一九二〇年六月廿五日。」

自那以後，米克先生更熱心的推動父親節，並曾打電話給哈爾亭（Harding）總統，請他頒佈一個全國性的父親節，未得到支持。到了柯立傑（Coolidge）總統時代，他仍然用電話請總統協助，也未成功。

倒是陶德太太在華盛頓州提倡的父親節，在一九一〇年舉行首次慶祝會後，卻年年都在發展。到了一九一六年，Spokane 市長正式宣佈六月的第三個星期日爲該市的父親節，當全市首次慶祝父親節時，威爾遜總統曾在他白宮的辦公桌上，按了一下電鈕，爲該市展開一面慶賀的旗幟。緊接著，華盛頓州長也把它訂爲全州的節日。柯立傑總統雖然拒絕了米克先生的請求——由他宣佈父親節爲全國性的節日，卻也在一九二四年時，建議各州都慶父親節。他說：「這種行動，可使孩子與父親的關係更密切，也可加重父親的責任感。」

自那以後，各州逐漸的都開始慶祝父親節了。陶德太太看到她所倡議的節日已遍及全國時，非常興奮，乃進而建議以玫瑰花作爲慶父親節的標誌。父親健在者戴紅色玫瑰，否則用白色玫瑰。

以上父母節的由來，因其倡導與推行極合於我國傳統的倫常，爲發揚父母的慈愛與子女的孝敬精神，我國對於母親節的慶祝，則採取美國的每年五月第二個星期日，至於父親節，則由於民國卅四年八月八日，上海社會人士發起父親節的慶祝活動，故定每年八月八日爲父親節，(八八取與爸爸諧音）抗戰勝利後，復由一般社團聯名呈請政府核定並通令全國遵行，是父親節雖未成爲國定紀念日，但已成爲全國性的紀念日，殆無疑義。

⒀洪著《廿四史大事縮編》序

吾國史籍，浩如烟海，正史而外，注、補、考證、傳志、譜錄、地理、政書，以至金石、文物，皆爲相關之學科。學者攻其一端，畢生所不能盡。正史鉅製，又汗牛充棟。其有關典要者，若金之在沙，須經披揀。至考注正史諸書，如《鳴盛商榷》、《大昕考異》、《甌北箚記》之屬，皆摭拾片斷，莫具首尾，讀者非先治正史，則無以識其旨歸，而史評政論諸書，又多宗浮議。其博雅者，如劉知幾《史通》、鄭樵《通志》、章實齋《通義》、王夫之《通鑑論》、《宋論》之屬，又非兼探原委，無以知義例，非先明本事，無以懲空談。如發篋並觀，將顧此失彼，循序漸進，則日力不贍。竊常思之，苟于故籍中祛其蕪冗，而鈎其精玄，尙論不廢本原，演譯兼資綜覈，庶于上下數千年之事，有賅括貫穿之功，而讀者即事考文，亦足盡鑑往知來之用。私蓄此志，亦既有年，塵勞鮮暇，願莫之遂。今吾友洪君任吾，鑽研國史，常感史著浩繁，難綜體要，每於讀史之暇，隨時搜輯，積數十寒暑，著成《廿四史大事縮編》一書，徵序於余。常以爲吾國舊史，不僅浩博難稽，即編著體例，亦變更屢易，自司馬遷著《史記》，創爲紀傳體，于累朝事迹，分載紀、傳、書、表，後代修史，皆踵效成書，而劉知幾、章實齋譏爲分散懸隔，冗複蕪濫。後司馬光起而矯之，改用編年體，將周威烈王至五代周世宗一千三百餘年間事，著《資治通鑑》。以年爲經，順序編列，誠省便矣。但事以年隔，莫攬終始。至袁樞又變爲紀事本末，將通鑑全部史料，併爲二百卅九則提綱，以事爲經，前後聯貫。章實齋譽爲「文省於紀傳，事豁於編年」。繼起仿編歷朝本末者，不下數十種，然其弊也，僅以一事爲起訖，究無歷史之全貌。由此以觀，史書體例，由紀傳而編年，改分爲合，但事隔於年代；由編年而本末，事有終始，又文陷於孤立。歷史一科，原爲民族社會之全部記述，時代旣須聯貫，事迹又當完整。宜如何循源溯流，不失其連續，而又重巒列岫，可觀其全局，方足完成述作之使命。今洪君於舊史體例之外，別闢蹊徑，以列朝世系爲經，網羅一代大事，節縮成編，零者束之，棼者理之，穿珠成串，梳髮爲辮，摘紀傳之精，而不虞分散；襲編年之迹，而脈絡相連；歸本末之旨，而併攬全貌。初學之士，手此一編，庶幾能省日力而略窺全豹。其尤愜余衷者，爲敍事之間，兼抒心得，更於列朝之末，探其得失，藉資興起，於薄物短篇之中，具史事史論之用，與余平昔讀史闕疑之意，適相吻合。茲編所述，實深獲於余心，感斯文之互契，故樂而爲之序云。

⑭《第一屆高等考試鎖闈日記》重刊導言

雲母山樵者，長沙黃壽慈（淮蓀）先生也。先生雅擅詩文，尤諳科名掌故，每於公暇，輒清談娓娓，如數家珍。民國廿年，國民政府舉行第一屆高等考試時，爲嚴密關防，以示隆重，特採行扃闈制。先生乃以銓部秘書，襄事闈中，輒有所錄，遂成鎖闈日記若干則，出示同僚，爭相傳誦。越二年，余復回部任職，因請於先生，特爲刊行，一時風行南都。念餘年來，國難紛乘，數度播遷，此編久已不存；最近於友人處偶獲是編，大喜過望。蓋第一屆高等考試舉行迄今已閱四十年，此時此地，欲求與先生同處棘闈，相與酬唱之衡文諸公，固寥若晨星；即參與南都射策，華林賜宴（廿年八月十二日於授憑典禮後，主考官兼典試委員長戴公，賜宴於考試院之華林館）之一屆同年，亦爲數無多。（現一屆同年在臺者僅廿人）而曠代盛典，與棘闈韻事，所賴以流傳者，亦僅先生鎖闈一記而已。茲若再任其湮沒散佚，則吾人今後雖欲勉效白頭宮女話天寶盛事，恐亦將無從說起。乃於第一屆高等考試四十周年紀念之日特予重刊，俾讀者鑒於國家掄才大典之嚴密隆重，曉然於我政府選賢任能，創建考試制度之至意，而謀所以愛護之、發展之。則先生斯記之重付刊行，固不僅爲他日留心試政掌故者資爲談助已也。先生有知，其亦樂許之乎？

民國六十年八月李飛鵬誌於臺北市之萍廬

(15)《張公難先之生平》前言

「嚴立三、石蘅青、張難先，鄂人稱爲三怪者也。彼三人者，皆以守常見惡於世。知守常之太愚也笑甚；太迂也憐甚。可笑可憐之人，當然爲世所怪。三怪之名，於以成立。而不知彼三人實極端守常者也。」此公序《石蘅青言論集》之以怪自況也，而我則以爲除公以守常爲人所怪外，尚有憤世嫉俗，特立獨行二因素，以加重其爲怪者在焉。蓋憤世嫉俗，與特立獨行，實爲具有正義感者，均所守持之常道，特以處末世而不彰，致爲一般不明常道者，驟然見之，遂相率引以爲怪，此怪之所以不脛而走也。在鄂人所稱爲三怪之中，尤以公爲突出。緣公之憤世嫉俗與特立獨行，深植於鄂人心中，不僅目之爲怪，甚至多所附會，衍生種種奇異的傳說。如白晝提燈遊走通衢，以示暗無天日之類的怪行，傳遍於市井之中。實則公之性行，並不奇特怪異，而與常人無殊，亦即公之所謂守常者也。只是因爲生性剛直，守正不阿，刻苦自勵，廉潔奉公，仗義直言，不畏權勢。因而與世多忤，不合時宜，遂爲昧於常道者少見多怪，而有怪人之稱。昔范文正公數以言事動朝廷，當權者不喜，每目爲怪人。於此可知目公爲怪人者，正可反映公之正直不阿，敢於言事之性行，與其稱之爲鄂之怪人，無寧尊之爲「國之大老」較爲適當。此我之所以常易鄂人所謂的「三怪」而爲「三老」也。至於公之是否眞如鄂人所稱爲怪人，試一觀其生平之言行，則不待辯而自明矣。茲特就公之嘉言芳躅，可爲世範者，撮述如左，以彰潛德，而資景仰。

(16)《張公難先之生平》增編再版弁言

沔陽張公難先早歲致力革命，幾以身殉。及後從政，以剛正廉明，不畏權勢著稱，遂敭歷內外，聲聞孔昭。故人多以鄂之人傑，國之大老尊稱之。余夙欽仰其言行德業，可爲世則，爰於一九八六年乃有《張公生平》之作，自費印行，除分送親友留念外，並寄贈國內外各大圖書館及各大學庋藏，以供衆覽。惟印書不多，無以應讀者之需求，因念如須普及供應，勢非借助於書局之發行不可。遂以此意就商於吾友臺北三民書局劉董事長振強兄，當承慨允，義務印行，並建議搜集張公之遺著，列爲附錄，俾讀者得以與正文相互印證，以增進其對張公之了解與敬仰，余即深表贊同。除奮其餘力，勉從原書卌八章，增編至五十四章外，並輾轉馳書於張公文孫銘玉世兄，承其印贈公八十以後隨筆及一九四九年以後之講詞、提案、報告、書札、題詞、聯語都數十篇，編爲附錄，而以拙作〈感念張公對我的殊遇〉一文殿其後，藉以緬懷鄉賢，而永追思。最後並對張銘玉世兄之惠寄資料暨劉振強兄之慨允印行，均不勝感激之至。尤以振強兄不計工本鼎力贊助之義擧，更令我感念不已。爰於本編付梓之時，感賦七絕二首於後，以彰義行：

㈠一卷高行重萬金，疏財尚義最堪欽；搜羅軼著光潛德，泉下張公感亦深。

㈡鄉邦賢哲稱三傑，世代風流越百年；張老遺徽耀台海，賴君義舉兩相傳。

西元一九九三年八月荆門李飛鵬謹識於北美加州聖荷西市萍廬時年九十有五

⒄《萍廬憶語》前言

凡人一生經歷，必於立德、立功、立言三不朽中居其一、二，始堪回憶而有追述之價値。我何人斯，既無德可稱，復無功可紀，更無言可傳。在三不朽中，無一可資追述，更何憶語之足云。不過在我平庸的生活歷程中，亦有其悲歡離合喜怒愛惡的一面。茲就記憶所及而追述之，在我個人看來，則前塵往事，歷歷在目，不無今是昨非，鑑往知來之作用，而藉以檢討過去之得失，以期稍減我晚年行事之誤處。則茲編之作，庶乎其不虛矣。

本編自造意以迄脫稿，計歷時一年有半（一九八六年三月至一九八七年十月）

始告完成。其始也經吾友洪任吾兄，屢函敦促，始得鼓我餘勇，勉力從事；繼得吾弟仲宏，對先世淵源與經歷，多所補正，俾得益臻完實；最後則賴吾妻倪樹玉女士之清稿繕正，以底於成。茲於複印之頃，特致懇摯之謝忱。

本編自本年初以複印本分贈各親友請予賜教後，即接各親友來函對於編中記載之錯誤，不吝予以指正，如己亥係清光緒廿五年而非廿四年；重慶朝天門一帶大火，係敵機於五月某日夜襲燃燒，而非五三、五四兩天；王師伯沆係於南京淪陷前病逝，而非死難於日寇大屠殺中；及其他錯誤等。除即依照指示一一更正，俾益臻翔實外，並就以前遺漏及最近經歷之故實，再增補十二段，分別載入編中，以期完整無缺，茲因兒輩擬將本編付梓，以爲我壽而資紀念，爰特補充說明，謹致謝於我匡正缺失的親友，並感謝五南圖書出版公司楊董事長榮川兄代爲印製之勞。

中華民國七十八年（一九八九）己巳三月李飛鵬謹誌於美國加州聖荷西市萍廬時年九十一

⒅《現行人事法規沿革及釋例》增修五版弁言

本編自五十九年四月修訂四版發行以來，迄今已經三年之久，不但考銓法規增修刪廢者頗多，且新興之職位分類制度亦適時建立，在我國人事制度演變過程中，可謂劃時代之改進，而爲各人事機構及人事工作人員所關注。茲爲適應人事作業之需要，爰就原編加以增修，並將職位分類及其關係法規別爲一編，以明此一新興制度之一貫系統，而便省覽。再本編於四版時曾改以「考銓法規」名編，現以職位分類制度之建立，已非狹隘之「考銓法規」所能範圍，爲符合現實起見，故仍復舊稱爲《現行人事法規沿革及釋例》，茲於出版之始，特書數言，弁諸編首，以求正於讀者諸君。

中華民國六十二年二月編者謹識

(19)《現行人事法規沿革及釋例》修訂六版弁言

本編自六十二年三月增修發行迄今又已三載，其間法規之增刪、存廢，固多變動，即新興之事例，亦復累積盈帙，而尤以分類職位法規、公務人員任用、保險等法及請假規則爲最夥，此種事例，在人事管理作業上，具有實用之參考價值。茲特就原編重加修輯，並擴大版面，合訂爲精裝一冊，以應需要，而供參考。此爲本編第六次之增修，亦即第一次之改版，倉卒付梓，錯誤之處，在所難免，倘承讀者諸君惠予指正，則幸甚矣。

中華民國六十五年二月編者謹識

(20)《現行人事法規沿革及釋例》增修八版弁言

本編自民國四十六年七月刊行迄今，歷時廿二年，鋟版多至八次，倘非我全國各級人事機構之贊許與研究人事行政諸君之垂愛，曷克至此。現因分類職位公務人員考試、任用、俸給、考績以及退休等重要法規相繼修正公布，其他有關考銓法規之增修發布者，亦有多種，而三年來經考銓機關所發布之事例及解釋，又不下百數十條之多，凡此皆爲各級人事機構及研究人事行政諸君所亟待而必需之參考資料，因特就本編第七版重加增訂，以應各方之急切需要。此次修訂多賴有關方面友人提供資料，始得順利完成，茲於刊行之始，敬致懇切之謝忱。

中華民國六十八年八月編者謹識

(21)《現行考銓法規概要》自序

大凡一種制度付諸實施，必須有賴於規定具體事項之法規，以爲施行之依據，始可竚觀厥成。我國現在五權分立下之考銓制度，既有異於古昔之明淸，亦不同於現代之歐美，茲欲悉其內容而窺其眞貌，勢非借助於現行考銓法規不爲功。蓋考銓法規所規定之有關考銓事項，即爲現行考銓制度之具體反映；從具體事項之考銓法規中，探究整個考銓制度之本末終始，自不難獲窺其全豹。本書之所以以現行考銓法規爲研討之對象者，其意即在於此。

我國考銓行政，自民國十八年考試院成立以來，隨時代之演進，而日趨發展，從而考銓法規之數量，亦與日俱增。時至今日，舉凡考試、任用、俸給、考績、獎懲、保險、退休、撫卹、學習、進修，乃至人事管理等事項，罔不屬於考銓之範疇，其地位已蔚爲國家整個政治中之重要一環。本書爲供從事研究考銓行政及參加高普考試同志之參考，兼使社會一般人士瞭解國家考銓行政之實況，特就現行考銓法規，分門別類，爲有系統之析述。在析述其內涵前，對於法規之因革損益，先作簡要之敍述，俾讀者對其制定之始末演變之軌跡，一覽無遺，了然於胸；次就法規之內容，於析述其概要之中，兼爲理論上之闡發，以明其立法要旨之所在。其涉及之共同事項，則於總論中分別論述之。讀者倘能循是引起研究興趣，進而以研究所得，貢諸社會，相與策進我國考銓行政於現代化與法治化之境域，是則本書之作，庶乎其不虛矣。

中華民國六十四年九月荊門李飛鵬於臺北市萍廬

(22) 洪著《廿四史大事縮編》校閱後記

《廿四史大事縮編》，吾友洪君任吾爲初學國史，提供古史系統之基礎知識所由作也。一九五〇年春，余間關入臺，與君別於渝州，隔絕卅餘年，八二年乃從北美寓廬，得相通問，君有書抵余曰：

別後日以重溫舊史爲事，流徙中行篋無書，初從金陵故人家藏書中借讀廿四史，每往攜四五冊，閱後重換。旋市上有租書業務，付少量押金爲質，每冊日取資一分，限期替換。久之圖書館漸復，可入座就讀，攜具恣鈔，並得旁稽他籍，較借租限冊尤便。其讀寫次第，就列朝歷代，先本紀，次傳志，摘出大事條目原文，綜合揉成每朝每代之概略面貌。最後制成該一朝代之整體合論。如是者斷續作業，近廿年，積成筆記稿本，約數十冊，始形成今著《縮編》一書，自維孤陋淺雜，君其爲我正之。

余受讀既竟，間有諮商，而喜其博約。因是重有感焉。歷史爲國人必讀之課，而古史又爲讀史必知之根。但史籍卷帙浩繁，讀者乃日力不給，據統計，廿四史有三千二百四十九卷，凡四千餘萬言。夙有「廿四史，從何說起」之諺。今欲於探本溯源之中，求事半功倍之效，捨化繁爲簡，其道莫由，但化簡不是畸零，編述須重事實，一般史著，於朝代系次，多牽混割裂，於事物眞相，又就意取捨，初學國史，難窺全面。余觀《縮編》之作，取材皆來自正史，有分疏亦有綜合，有記敍亦有圖表，有鈔摘亦有議論，可通讀，亦可擇讀，可資查證，亦可備參考，作爲簡明史可，作爲工具書亦可。至於編中行文，多用文言，乃本諸古籍，難以避免。除將全史均譯文白對照，自當略通文言，方可探尋古史，余衰耄荒疏，得此頗資怡悅，雖論記容須增省，取徑尙有裨益。爰綴數言，以就正於士林君子焉。

公元一九八八年十二月荊門李飛鵬誌於北美加利福尼亞州聖荷西市萍廬時年九十

(23)《張公難先之生平》後記

民國卅五年（一九四六）十二月公出席國民大會時，我曾進謁於南京中央飯店。會後，公即反鄂。未幾，我亦隨政府播遷來臺，從此音訊斷絕，形同隔世。至一九七七年來美後，即多方探詢公之消息，始於一九八四年獲大陸友人來信，驚悉公早於廿年前即已辭世。故於悼傷之餘，除已敬撰〈感念張公難先對我的殊遇〉一文分載於美國加州的《金山日報》及臺北的《湖北文獻》第八十一期外，並擬就公一生之行誼，爲有系統之敍述，以彰潛德，而永追思。惟以從公工作，時僅三年，所知無多，雖有傳聞，亦難徵信。因而不敢貿然從事。遂即分函大陸友好，代爲搜集資料。既而金紹先（雲渠）兄從成都寄來鄭桓武〈湖北三怪之一的張難先先生〉及賀葆三〈張難先先生二三事〉兩文，雖不無可資參考之處，但以鄭文立論偏頗，有乖公論。賀文則局限於公任總部監察處主任時所發生之諸事，偏而不全，均不足以饜我之需求。正遲疑瞻顧間，適南京洪毅（任吾）兄函告，知公之哲嗣澈生兄，現居武昌，因而取得聯繫，互通音訊後，始承寄湖北文史資料中之〈義痴六十自述〉及〈六十以後續記〉遺著兩篇，與其手抄雜記數則，均爲第一手原始資料，彌足珍貴。欣喜之餘，遂著手撰述。祗因視力衰退，時作時輟，以致經三月之久，始勉成初稿，繼經整理繕正，又費時月餘，乃告完成。按本文除前言、後記外，計正文卅八章，約三萬餘言，其所取材，十之八九，以公之自述及雜記爲藍本。十之一二則爲我所親歷感受之事實。其眞實性，殆將無可置疑。惟自慚學識淺陋，拙於文辭，未能盡發潛德之幽光，闡志行於隱微，斯以爲憾耳。至公八十以後之行誼，因〈六十以後續記〉至一九五四年三月卅日，即便終止，而我又播遷海外，見聞未周，故公在此十餘年間之言行，未敢妄加臆測，而世局變幻之亟，亦非公所及料也。所有疏漏欠周之處，希亮察焉。最後對於澈生、雲渠、任吾三兄之惠寄資料，與通訊協助，以及內子倪琪女士代爲淸稿繕正之勞，特致懇摯之謝忱。

西元一九八六年十二月一日荊門李飛鵬敬撰於美國加州聖荷西市萍廬時年八十有八

(24) 陳著《遲莊回憶錄》校後誌感

閩侯陳伯稼先生所著《遲莊回憶錄》各編之印校，余均受命董其事，今第四編校勘既竟，行將付梓，先生乃垂詢於余，有無感想，可資一言，余以前有周序，後有徐記，對於本錄之精英以及先生之行誼，均已闡述無遺，余不文，何敢妄贊一辭，以貽蛇足之譏，惟既承下問，乃不揣譾陋，爰就有感於先生之二三事而爲本錄所未盡載者，略述於此，而爲〈校後誌感〉，倘亦先生所樂許乎？

先生與余雖於民國十八年在考試院及銓敍部籌備期間，同入院部工作，但余之獲識先生，則在廿年第一屆高等考試及格之後，而親飫教益，則又在廿四年襄助先生編校考銓事例及卅九年同在考試院任事之時，由於朝夕親炙，乃知先生於治事則謹嚴不苟，於待人則寬厚誠摯，而於公私生活則又勤愼簡樸，界限分明，因是由衷敬仰而不禁私淑之矣。

余於先生旣衷心敬仰，而先生對余亦愛護有加，提攜備至，茲謹述二事，以見先生之加惠於余者有足稱焉。其一，余賦性戇直，不善趨承，尤惡官僚，因是見忌於部長賈氏。卅四年八月卅日余以銓敍部首席參事出席部務會議時，因部長賈氏之蓄意挑剔，藉故詆毀參事爲「參屎」。余凜於士可殺不可辱之義，即起抗言：「參事爲國家公務員，如有不當，可依法送請懲戒，何得當衆侮辱，自損身份」，言畢拂袖離去，誓不復返。賈以格於院規（部會簡任人員任免例須得院長批准），亦莫奈余何，於是乃瀝陳經過，請由先生轉呈院長，先生激於義憤，立爲面陳，未幾，乃有調聘爲考選委員會專門委員之命。其二，當卅八年冬戡亂軍事逆轉，政府西遷成都，余以家累，未能隨同撤退，致陷匪區者達五月之久，及後歷盡艱險，逃抵香港，乃以司長現職，申請來臺，不意當時代理部務某公聽受僉壬之譖惑，竟罔顧成命（在渝時發給疏散人員命令保留原職，嗣後到達政府所在地即予復任），延不為辦入境手續，以尼其行，不得已乃函請先生為言於院長鈕公，始得於七月杪到達臺北，當即奉派為考試院簡任秘書，襄辦人事業務，旋又改任參事，受代先生兼主人事室，以迄於鈕公卸任（適賈氏繼任院長余以義難留任堅辭而去）。以上二事，若非有賴於先生之居中維護，則余此後廿餘年間之生活，將不知飄泊何處，此在先生因不願彰人過而矜己善，故未盡載於回憶錄，而在余則以受惠深遠，能不永銘心版，沒齒難忘者乎？

先生不僅對余個人關愛逾恒，即對於一般考試及格人員亦多加愛護，尤憶四十年間考試及格人員之由大陸逃出者，困處港九，無法入臺，余乃請由先生查其過去言行對於政府之忠誠不二者，籲請院長鈕公，准由考試院為之辦理入臺手續，因此而獲准入臺，迄今仍在政府工作者，不乏其人。此外先生於我第一屆高考及格人員尤多厚愛，周邦道、謝振民兩同年，均因先生之揄揚汲引，而獲院長戴公之垂青，予以不次之拔擢無論矣，即其他同年之因事欲求見戴公者，亦無不立爲轉報。由是我一屆同年無不尊之爲師保，每有集會，必請其蒞臨，歡聚一堂，情同師弟，此情此景，來臺後迄不少衰，苟非先生之至德精誠，感人深切，曷克臻此？

先生誕生於前清光緒十一年乙酉，今以八十有八高齡，每日猶孜孜不倦，除爲戴公搜集遺編，彙爲文存，使不致湮沒無聞外，並從事回憶錄之述作，其對戴公之忠誠不渝與其爲學治事之始終如一，求之當世，殆罕其匹，世之讀《遲莊回憶錄》有不油然而興高山仰止之思者，吾不信也。

中華民國六十一年元月後學李飛鵬謹誌於臺北市之萍廬

⑵⑸李祥生(在門)年兄七秩大慶壽序

老子道德經有云，知足不辱，知止不殆，可以長久。觀乎我年長在門先生之安貧樂道，旣壽且康，蓋皆知足知止，有以致之者。年長世居遼寧之錦西淸門儒族，代有明德，涵濡旣厚，故少時即以文采氣節，蜚聲鄉閭。迨民國廿年秋，入都應第一屆高等考試獲雋，先後任行政機關科長、各級法院院長、檢察官及中央政治學校教授等職，靡不猷守併茂，令聞孔彰。然年長迄未由此躋於通顯，非不能也；殆習於知足知止之義，恬然自適其樂，不欲以俗世富貴縈其心志耳。洎戡亂軍興，政府遷臺，年長遂亦泛海東來。至是倦於仕進，乃改業律師；期以法律保護人權、伸張正義。而其特立獨行，一如疇昔。例如承接訴訟案件，不問公費之多寡有無，祇須符情合理，即樂爲訴辯。反之，縱腰纏纍纍，許以重酬，亦不屑一顧。故業務雖稱鼎盛，而入息僅堪溫飽，蓋既以知足知止爲樂，則其重公義而輕私利，宜其然也。近年復以其燕息餘暇，兼授各大專學校夜間部文史課，上課無間風雨，誨人從不厭倦，其於復興中華文化，祖述孔孟思想，致力尤多，是其於一己之進退藏息，則知足知止、淡泊明志，而於文化學術之研究闡揚，則老而彌篤、迄無止境，則今之所以壽人壽世者，其來蓋有自也。德配荀夫人系出名門，溫恭性成，鹿車共挽，鴻案相莊，用能藹奏同功，家人仰刑于之化佐，成乾道中饋，無內顧之憂；宜乎君子偕老、懿德膺福矣。哲嗣三皆能恪遵庭訓，克紹箕裘，而卓然有以自立。一門雍穆，庭前彩戲之樂，又爲儕輩中所僅見。夏曆己酉八月廿四日，欣逢年長八秩雙慶，同年等以年長齊眉合德，蘭桂競芳，爲彰其盛僉，謀勒諸簡冊，有以壽之。幷以飛鵬與年長兼有同宗同事之雅，屬就年長之嘉言懿行，述而襮之。自愧學殖荒疏，曷克膺茲鉅命，惟念吾宗有此知足知止之樂道君子，不僅爲我同宗之光，抑亦爲我同年之榮，又何敢以不文辭。爰不揣譾陋，濡我拙筆，勉爲書此，以爲之壽。年長閱之。其亦莞爾而晉一觴也夫。

年愚弟李飛鵬敬撰

夏範欽敬書

㉖代國民大會代表李鴻儒（通甫）先生九秩大慶徵文啓

蓋聞崧生峻極，顯元輔之經綸；洪範彝倫，敍九疇之福德。美詩歌于雅頌，溢盛業之榮光，嘉善揚芬，由來尚矣。鹽城李代表鴻儒（通甫）先生，系出隴西，肇遷蘇北，幼承庭訓，秉懿範之良模；長耀邦鄉，宏作人之偉績。施教則蔭垂桃李，從黨則譽滿枌榆。著作等身，庇助寒士，興修公益，造福人羣。遂得地方時論之推崇，膺制憲之重任。殆倭寇來侵，舉家西徙，板輿奉養，捧巴蜀之慈雲，荆棘叢生，作狂瀾之砥柱。尤復操筆蓉城，興輿論以抗敵，建壇學府，助軍國以培才，迨至勝利還都，參百年定憲之大業，河山光復，續首屆代表之榮階。於是翊贊中樞，弼成憲政，乃遭世艱屯，乘桴奉國。兩河父老，方重睹漢官之威儀，而三輔兵戈，竟奔赴唐宮于行在。其間惕厲憂勤，贊襄國計，集江鄉之文獻，聯李府之宗親。凡所以睦懷宗國，團繫民思者，無不殫志貽謀，造端宏偉。歲月遷流，而 先生亦年屆九十嵩壽矣。値茲庚午六月廿日（農曆五月十九日）攬揆之辰，綜行誼於平生，祝康強而介壽，不有偉詞，何彰宿德？素仰

大雅，誼共交遊，望崇文苑，爰伸喤引之忱，冀獲珠玉之錫。附上壽箋暨回函封套各一，敬祈

惠賜嘉詞，（詩文書畫，均所拜嘉）希於三月卅日前寄下，以便輯印奉贈，至深企荷！

謹啓。

㉗周一夔（序生）先生事略

周一夔先生字序生，隷籍福建建陽，於主後一九〇七年七月十六日出生於浙江之杭州市。幼即岐嶷，敏而好學。中學畢業，即考入南京金陵大學。未幾轉學國立中央大學，習政治經濟，卒業後，歷任振濟委員會科長、主任祕書、中央政治學校教授、駐日大使館秘書、南京市地政局長等職。無不竭智盡力，黽勉從公，故深獲上級之器重，而倚爲得力之股肱。

一九四九年，政府遷臺後，先生受任爲臺灣省立行政專科學校首任校長。洎學校改制，併入國立中興大學爲法商學院，仍繼任院長。先後歷任校、院長幾達廿年之久。在長院期間，創立都市計劃研究所，並兼任所長，因所作育之各類行政與法律商業人才，現已遍布於國內外之各階層，或位居要津，爲國家盡瘁，或職司專業，爲社會造福，甚或揚名海外，爲民族爭光者，皆受先生春風化雨、教澤廣被之賜。先生於公務鞅掌之餘，仍不廢學術研究。故其著作等身，望重士林。

先生立身處世，向以正直無私、廉潔自持爲準則，故其爲政，則公私分明，一絲不苟。施教則謹嚴誠信，以身作則。因而人皆敬仰，翕然從風而不敢少有踰越，其德望感人之深有如此者。先生於主後一九五四年蒙聖靈感動歸信耶穌基督，勤讀聖經，自退休後，更以全力虔誠事奉，宣講福音，引人歸主。

先生與夫人曹瀓如女士持家謹嚴，訓教有方，膝下三子（汝劭、汝任、汝文），一女（汝吉），媳（裔麗香、董仲玉、王世玲），婿（黃秉乾），孫男二、孫女三、外孫男女各一、外曾孫二、先生體質素健，去年九月偶感不豫，經醫診斷認爲肺癌，於一九八七年八月廿三日零時五分蒙主恩召，安息主懷。

附註：按周君爲余中央大學同學，在校時同住賢雲第二宿舍，余到美後又同住一公寓，朝夕過從甚密，故與余交誼頗篤，不幸去世後，夫人囑余撰此事略，悼傷之餘，未能盡述其學業事功於萬一，今閱此事略，仍不勝其歉疚傷感也。

⑽ 祭大姑母文

維中華民國五十五年六月十九日姪光煦，率子祖耀、孫德萱等，謹以香花酒醴奉

祭於我

姑母黃太夫人之靈前曰，嗚呼！姑母竟棄侄等而長逝矣，姑母體質素健，七十年來從未臥病，間或稍感頭暈亦每不藥而愈，今年入春以來，體氣忽不如前，然猶以爲此係老年人常態，方期農曆六月初一日爲之稱觴共慶大耋之年，不意入院僅三日竟藥石無效，回天乏術，而馭鶴西逝，嗚呼痛哉！吾祖父母共生子女七人，姑母居長，事親至孝，對余父及諸姑極盡友愛，妍年于歸鍾祥黃府，未幾，姑爺病逝，姑母於哀痛之餘，矢志守節，度其孤幃青燈之生活。此後即常歸寧，依祖父母而居，時余祖服官皖省，姑母常隨赴任所，至民國元年鼎革後始歸沙洋，以沙洋、鍾祥間相距僅百餘里，而其姑時又年老多病，故間歲即歸省視，直至其姑病逝後，即常住余家。抗戰期間與余父居沙洋，勝利後余始接其至京奉養，不意國共兩軍戰起，大陸變色，姑母始由表弟黃祖輝先期迎養來臺，及卅九年余自大陸來臺後，始又於四十一年迎養來寓，以迄於今。因姑母之歸寧守志，故余在襁褓之中，即常在其懷抱，撫我、顧我以達成年。憶民國元年，余負笈於鍾祥縣之福帝堂小學時，姑母正歸住黃府，每於假日必召余。至其家，餉以佳肴，問暖噓寒，無微不至，使余常在溫暖之中而不自知其旅外之苦。未幾，忽接祖母噩耗，余侍同姑母奔喪返里，抵家之日一慟幾絕，未一年，余因急於出外求學，而余父堅不同意，不得已乃於年初間道獨赴襄陽以求助於二姑母，道經鍾祥，於深夜間摸索至黃府時，姑母已寢，聞余至，披衣驚起，撫慰備至，臨時復命人送余，再三叮嚀而別，此情此景，至今思之，猶歷歷如在目前，姑母不獨對余愛如己出，即於余之子女亦鍾愛備至，而尤以長男祖耀、小女祖森尤爲痛愛，在彌留之際猶頻呼祖森不已，蓋其一生心力，無不貫注於余家老小之中，而至死不渝也，嗚呼痛哉！今姑母逝矣，姪等素蒙庇蔭，追維大德，其曷能忘。嗚呼！言有盡而意無窮，棺雖蓋而神未泯，嗚呼哀哉！尚饗。

第二類　詩聯

(1) 一九八六年十月十二日金婚紀念日感懷

嘉期喜兆太平洋，（民國廿五年（一九三六）十月十二日，結褵之夕，於南京夫子廟太平洋酒樓讌集）今越重洋鬢已蒼。同話燈筵懷故國，盡攜兒女即吾鄉。

甘辛透識人間面，漲落頻經海上桑。長憶秦淮花月夜，清輝雙照少年場。

(2) 丁卯（一九八七）八九誕辰感懷

似水年華去不留，我生八十九春秋。心縈祖墓情難禁，（祖墓被毀情何以堪）夢斷巴山志未酬。（二兒留渝，欲會無從）避世未忘前半世，歸休猶幸客中休。何時得遂昇平願，百歲攜笻上鶴樓。

(3) 賀室人倪樹玉女士八秩壽誕

民國七十九年雙十國慶日適爲我妻倪樹玉夫人八秩誕辰，特賦此以賀。

駒光逝如駛，一年復一年。去年中秋月，不似今年圓。

今年月圓後，喜慶日相連。在國慶雙十，在家開壽筵。
我妻今八旬，與國慶同申。兒曹齊獻頌，福壽莫與京。
誠睦感鄰里，情義似醪醇。老健當益壯，龍馬顯精神。
梁孟昔舉案，相夫敬如賓。義方以教子，兒女悉清純。
爲家勞瘁甚，寢饋茹艱辛。恩勤五四載，歡樂聚天倫。
孫曾欣繞膝，宛如星拱辰。老顏長展笑，我亦樂無垠。
同登嵩壽域，日新又日新。更願長相守，共享百年身。

公元一九九〇年十月吉日萍盧老人李飛鵬撰書時年九十二

(4) 賀劉紹唐先生八秩壽誕

南陽臥龍地，自古育菁英。劉子誕今世，聲華著汴京。
奇文共欣賞，韜略莫與倫。兼資並文武，器宇自嶙峋。
牛刀初小試，化洽風俗浮。民歌來何暮，五矜載德馨。
察姦後究究，魑魅盡潛形。市廛無拾遺，閭閻夜不扃。

敬恭衛桑梓，保境在安民。更奮凌雲志，揮戈趣亡秦。
轉進南海隅，抗敵氣縱橫，全師還守國，解甲棲臺瀛。
一朝乘桴去，新陸任優遊。門前樹五柳，陶然渾忘憂。
閒嘗耽翰墨，樂此日不休。珠璣傳鄉里，敦睦咸思劉。
攬揆逢今旦，華燭耀琴堂。兒孫歡繞膝，蘭桂競騰芳。
大德必大壽，垂裕五世昌。共進華封頌，爲君祝堯觴。

紹唐先生七十大慶

一九八一年五月弟李飛鵬撰書敬賀時年八十有三

(5)賀劉師舜（琴五）先生九秩華誕

樽俎功成樂退居，森森玉樹耀庭除。譯林爭誦千章韻，瀛海歸攜幾卷書。
茗座談深親几杖，花欄蔭滿護鄰廬。白頭相對忘羈旅，願到期頤慶有餘。

一九八八年戊辰六月吉日欣逢

琴五先生
頤年夫人九秩嵩壽誌慶

李飛鵬拜撰
侯若愚敬書
仝賀

⑹賀侯紹文（孟揚）兄嫂九秩雙慶

鴻踪常幸接清塵，泛海還依歲月新。咫尺軒車適宴笑，兩家裙履最交親。
議壇忠勳勤憂國，閫範慈祥樂育人。春滿鶯花同上壽，一堂珠翠舞芳辰。

孟揚兄
嫂九秩雙慶

一九八八年十二月

弟李飛鵬
李倪琪同賀於北美加州聖荷西市萍廬

⑺賀胡光祖（述之）兄嫂八秩雙慶

枌鄉流澤育羣材，桃李千行手自栽。往日清陰今作棟，師翁八十住蓬萊。

才猷何只限膠庠，小試經綸貨殖場。酒洌煙清民愛滿，芬芳原自出書香。
閩江貴胄播賢聲，閫範交親姊妹情。耳熟庭帷聆淑德，綠楊護作兩家春。
去國羈遲萬里身，雲天回首脫風塵。與君引滿雙杯醉，同祝期頤樂太平。

西元一九八八年戊辰七月吉辰恭逢

述之仁兄
秀敏賢嫂　八秩雙慶

李飛鵬
李倪琪　撰書敬賀

⑻賀李鴻儒（通甫）宗長九秩華誕

蒲綠橘紅景物新，華堂初夏慶長春。鴻飛風轉蓬山遠，儒治天開海宇清。
大德涵容登大耄，宗邦慈愛集宗親。吾家忝附同齡客，更祝期頤壽世人。

通甫宗長九秩華誕之慶

一九九二年五月宗弟李飛鵬自北美加州寄祝時年九十二

(9)賀周慶光年長九秩大慶

彭蠡猶沾化雨新，扁舟已入武陵津。關中庾信傳文脉，闕里曾參最篤親。
筆麓晚成千字帖，椒盤初進百年春。鍾山松竹何蒼蔚，同壽南閣第一人。
君首居高等考試獲雋，所得總分最優，應居榜首，惟因教育行政類序，在
普通行政之後，故未得大魁云。

丁卯春正月欣逢
慶光年長九秩大慶

弟洪　毅
李飛鵬同拜賀

(10)賀李正嵐兄嫂八秩雙慶

正嵐宗兄
靜生　嫂八秩雙慶

隴西世澤長，芬芳揚今古。忠信作甲胄，禮義爲干櫓。
盡力於折衝，竭智在撙俎。松柏喜並茂，遐齡慶篤祜。

公元一九九〇年庚午二月吉辰宗弟李飛鵬撰書敬賀於美國加州

(11)賀陸炳之兄嫂七秩雙慶

炳之兄
嫂七秩雙慶

康強逢吉，孅意延年。
積善多慶，福壽綿綿。

公元一九八九年十二月吉辰弟李飛鵬撰書敬賀時年九十二

(12)賀張唯一兄嫂八秩雙慶

唯一兄
幼瓊嫂八秩雙壽

如山如阜，如岡如陵。
眉壽無已，月恆日升。

公元一九八九年巳己春二月吉辰

弟李飛鵬
李倪琪敬賀

⒀賀侯若愚兄嫂七秩雙慶

謹錄昔人名聯恭祝

眉壽
郙鈴鍾銘，眉壽無巳。
漢氏當歘，長樂未央。

弟李飛鵬
李倪琪拜賀

⒁賀汪必樹兄嫂七秩雙慶

敬祝

必樹　兄

宗瑚吾嫂七秩雙慶

媲美梁孟，鴻案相莊。

姿茂松柏，福壽安康。

公元一九八九年八月吉辰

弟李飛鵬

李倪琪敬賀於美國加州聖荷西市

⒂賀汪必樹兄嫂七秩晉二大慶

必茂如華蓋，樹碧風不凋。

長榮枝葉盛，壽世老幹高。

必樹兄

宗瑚嫂七秩晉二大慶

⒃賀洪任吾兄八秩晉八大慶

庚星永耀，自麗九天。
靈椿益壽，至德延年。
公元一九九三年癸酉十月吉辰欣逢
任吾仁兄八秩晉八大慶

弟李飛鵬
李倪琪拜賀

⒄賀張掄才、吳宏德學兄嫂七秩雙慶

掄才
宏德學兄嫂七秩雙慶
才藝畫眉留漢史

一九九三年癸酉七月吉辰
弟李飛鵬
倪琪拜賀

德行高冑出延陵

公元一九九一年辛未三月吉辰 李寄萍 撰書敬賀時年九三
倪　琪　八一

(18) 洪著《廿四史大事縮編》出版感賀

二十四史從何說，大事今能縮短篇，紀傳志言皆實蹟，分疏合論殊週全。

念年工力未虛擲，一卷怡傳快覩先。老眊尚親讎校計，洛陽紙貴諒風行。

洪任吾兄所著之廿四史大事縮編，余既助其出版，復不辭老眊親于讎校，今欣見其出書，並獲先覩爲快，因賦此以賀。

(19) 三民書局劉董事長振強兄爲《張公難先之生平》增編出版感賦七絕二首以表謝忱

一卷高行重萬金，疏財尚義最堪欽。搜羅遺著光潛德，地下張公感亦深。

鄉邦先哲稱三傑，世代風流越百年。張老遺徽耀台海，賴君義舉兩相傳。

⑳林逸泉先生惠賜佳章依韻奉酬

劫後文宗祇兩三，騷壇逸韻舊曾諳。瑤章惠貺高山曲，常聽牙琴增髮斑。
爲表儀型不諛私，祇慚孤陋未全宜。江裏耆舊今凋盡，悵望羊公墮淚碑。

㉑一九四九年七月由渝到臺劫後歸來喜慶更生感極放歌

厄運遘陽九，大地起兵刀。我身陷樊籠，日夜受煎熬。
集會日數起，徒逞口舌勞。沈默既非金，無言亦難逃。
嗟嗟不自由，寧死誓不撓。一朝凌雲去，天空任翔翱。
失去自由者，方知自由高。劫後賦歸來，臺澎氣勢豪。
我今慶更生，衷心樂陶陶。

⑵丁卯歲暮會親臺北雲鵬光杰二弟率子姪孫曾輩宴集於長風萬里酒樓先期爲我九十誕辰祝嘏喜賦七律

舊地重來若抵家，髦齡何幸聚天涯。杯盤醉引中腸熱，燈火輝生老眼花。
四代孫曾偎几席，九州踪跡寄雲槎。同叨祖蔭延餘慶，喜與諸昆祝歲華。

⒇雲鵬弟伴余由臺飛港喜與祖輝二兒夫婦及兩孫相聚五日返美賦此

一室依依聚國門，最難阿弟護長行。從何盡訴傾悲喜，坐對無言似幻眞。
諦視兒孫餘涕淚，蒼茫身世寄刀兵。漫經別夢卅年遠，幾日相看亦可欣。

⒁寄懷臺港諸親友

十年雲海別茫茫，卻憶臺員似故鄉。飄泊弟兄皆老大，探尋師友半凋傷。
浮沉郎署思如夢，憂樂華年髮已蒼。將喜兒孫能一聚，不辭抖擻上征航。

⑵ 探視汪必樹兄療養病況見其大有進展喜極感賦

一九九二年二月廿三日（壬申正月廿日），余與室人倪琪女士，在魏君伉儷陪同下，驅車六度探視汪必樹兄於療養院，見其能自起立，展顏微笑，並親贈賀卡，以祝余壽，神清氣爽，與前判若兩人，是其還家團聚之期，計日可待，喜極賦此，賀其康復，並以慰勉宗瑚嫂。

自君疾甚入病院，我心忡忡憂如擣。數度偕伴頻探視，榻前沉睡形枯槁。
逡巡遲疑不忍去，無奈爲君暗祈禱。上蒼如有勸善意，善人如君應佑保。
今來六度君漸蘇，喜極一掃胸懷惱。見能起立霽顏開，神清氣爽如再造。
手持芳箋承相贈，爲祝嵩辰增壽考。臥疾猶殷情義重，相期勿忘互珍葆。
善人果能邀天眷，康復回春同展笑。還家團聚計日待，全廬歡騰皆傾倒。
天心覆照固可欣，婦德回天有善報。無間晨夕或風雨，僕僕奔馳療院道。
餐風飲露席不暖，棲皇安顧飢與飽。半載熬煎如一日，慰安侍疾宗瑚嫂。
含辛茹苦未虛擲，閫範揚芬同不老。

一九九二年二月廿八日 李飛鵬撰述 同賀時年九十有四
倪 琪清繕 八十有二

㈳壬申二月汪必樹兄返廬小休並承過訪感賦

一九九二年三月五日，（壬申二月二日）汪兄自院返廬小休，並承過訪，感而賦此。

㈠我曾爲君禱，盼君早歸來。幸天從人願，今果無恙回。

㈡憶君疾作時，倏忽秋徂冬。冬盡春康復，喜意樂融融。

㈢親友聞訊至，紛紛賀君歸。但願常相聚，今後永毋違。

㈣三聲鈴久寂，（相約以門鈴三響爲互訪信號）階下苔痕青。鈴聲忽三響，倒屣迎門庭。

㈤自君還家後，滿室感溫馨。願君常保健，福壽且康寧。

一九九二年三月十五日李飛鵬賦贈

⑵⑺祝汪必樹兄早日康復返家慶歲

吉人自有天相助，大德必然能永年。
祝君早日占勿藥，歲除還家慶團圓。

敬祝
必樹兄早日康復

弟李飛鵬敬祝於一九九一年壬申除夕

⑵⑻悼念張亶翔年兄

昨夜忽心躁，今聞君噩耗。初疑傳語誤，繼知非虛報。
萍嫂函飛來，君逝兩年告。桑萍嫂函告君已於一九九〇年十二月一日病逝迄今已二年餘矣 老友已云亡，能勿心傷悼。
同榜百人中，相繼多凋落。南闈數舊侶，又弱君一個。
人生如朝露，榮枯烟雲過。今君已先逝，我心實摧挫。

憶昔客香江，促膝訴離衷。既壯我行色，又勞親臨送。（一九八七年冬余晤君於香港，於暢敍離衷之餘，承君厚贈程儀壯我行色，臨行又由萍嫂扶持親臨送別）情義一何深，常縈孤燈夢。孰知此一別，竟成永訣慟。

昊天胡不弔，痛喪我良朋。翹首問蒼天，天道安足憑。

生死都有定，何用多哀矜。我既傷逝者，又復自忖度。

老病相侵尋，行將後塵步。樂天復知命，生死抑何顧？

(29) 癸酉（一九九三）六月五日爲周慶光年兄學長逝世二週年紀念日爰賦七絕十二首以誌悼念

一九九三年六月五日爲吾友周慶光（邦道）學長年兄逝世二週年紀念日追念之餘，爰賦七絕十二首，以誌悼念。

㈠君昇極樂已二年，宛似音容在眼前。學術事功皆炳煥，永留芳躅耀人間。

君昇極樂雖已二年，但音容仍承宛在目前。尤其學術事功，彪炳人寰，君之精神，可謂不死。

㈡一鍋半碗彰先德，茹苦含辛稱卓絕。簞食瓢飲樂其中，陋巷顏回揚世澤。

君家素貧，先世分居時，僅得鍋碗之屬，故榜其廬曰：「一鍋半碗之堂」，以勉子孫，不忘先世貧苦之意。君仰承祖訓，故生活極爲刻苦，飲食則持齋茹素，服裝則一襲中山服，大有「在陋巷人不堪其憂，回也不改其樂」之情境。

㈢龍霧村前舊夢非，故山別母念慈暉。時賢題詠昭忠孝，勛蹟文章慰九泉。

君世居江西瑞金之龍霧村，每負笈外出時，太夫人則均倚閭送別。後太夫人喪於匪難，君於哀傷之餘，倩人繪一「故山別母圖」，遍請時賢題詠，以爲慈暉永照之懷念。

㈣新都桃李鐘山盛，首掇南闈紀壯遊。羽扇周郎正年少，一鳴拔萃占鰲頭。

國民政府定都南京後，即於民國廿年八月舉行第一屆高等考試，君以壯年應試，以教育行政第一名獲雋，雖非榜首，但得分較高於原列榜首之普通行政第一名，隱然爲全榜之魁首，故不但一般人均以狀元稱之。即主考官戴院長亦欣然稱許。君對狀元之稱，毫無矜驕之色，而謙遜未遑，以是人益敬重之。

㈤烽烟滿地太倥傯，作育英才第一功。學子流離歸有所，絃歌洋溢震黔中。

抗戰軍興，學校疏散，學生均紛紛流亡。教育部乃派君於貴州省銅仁縣設置國立第三中學並任爲校長，君乃收集流亡學生而教育之。於是絃歌之聲，震遍黔中，而所有流亡學生，皆有得所之慶。

（六）奉使贛浙長考銓，又臨章贛育英賢。春風綠遍鄱陽岸，齊頌珂鄉雨露鮮。

抗戰勝利後，考試院於全國設十考銓處，任君爲贛浙處長。未幾，又調長江西教育廳。於是全省教育領導得人，所有學子無不額手稱慶。

（七）選曹宏業賴匡襄，宵旰勛勞著海疆。試政清明揚偉績，至今懷想至公堂。

君於民國六、七十年間，任考選部政務次長，匡襄試政，衡鑒清明，不禁令人懷想以前考選委員會閱卷之至公堂。

（八）六十年前放榜時，華林宴集酒盈巵。一堂花萼將凋盡，我尚爲君賦悼詞。

六十年前放榜後，在華林館宴集之同年，現已凋謝殆盡，現尙有我爲君獨賦悼詞，人事滄桑，可爲浩歎。

（九）同年齒德君居長，攻錯平生誼最長。太息人琴今已杳，無門請益悵難忘。

君在同年中，不但齒德居長，且學養淵博，謙和禮讓，故同年多樂與交遊。我與君既屬同年，又爲東南大學之先後同學，故交誼彌篤，久而不渝，常以學長稱之。每有疑難，輒就教於君。今君人琴已杳，不免有攻錯乏人，請益無門之歎。

㈩一覺皈依修淨業，精誠虔誦阿彌陀。君家三世皆生佛，普渡慈航聽禱歌。

君篤信佛法，極爲虔誠。每見人都合十唸一聲阿彌陀佛。君家三世，皆修淨業，故樂善好施，救濟危難，以是鄉里均稱頌不絕。

(十一)丁年回島似還鄉，雨夜趨訪喜欲狂。促膝傾談忘漏盡，佳園一別悵難忘。

一九八七年丁卯歲暮回臺北時，曾與君相約於十二月十一日晚六時訪候。屆時趨車前往內湖途中，適遇狂風暴雨。車速既減，在風雨暮色中，又不辨路巷。直至夜間九時許，始摸索抵達周府，則君已坐候多時矣。乍見狂喜之下，倆竟相對無言。蓋別久情切，滿懷離緒，不知從何說起也。及情緒稍定，互作寒暄後，君當邀我就餐於大佳園餐廳。君因茹素，乃坐我傍，促膝敍舊，於傾訴積愫之餘，竟不知漏之將盡。遂不得不起而告別。於是互道珍重，黯然離去。孰知經此一別，竟成永訣。撫今思昔，不勝唏噓。

(十二)病榻纏綿已數年，音書未斷夢魂牽。臨分猶荷親傳語，檢讀遺書涕泗漣。

君體素健，於數年前割治攝護腺時，爲庸醫所誤，致數入醫院，病未痊而體已衰，終致不起，君在病中，與我音書從未間斷。一九九一年五月九日，尚於病榻中，親函告我以病狀，不意時未一月，君竟於六月五日接引西歸。今雖歷時兩年，然每一檢讀遺書，仍不禁涕泗交流也。

一九九三年六月五日後學弟李飛鵬敬悼於北美加州時年九十五

(30) 悼成惕軒兄

中原回首有餘哀，同負書囊泛海來。棘院風猷褒偉績，瓊林月旦育英才。

謝家花萼雙株秀，楚望詩文百卷開。闕府雲天垂老別，不堪凋舊又愴懷。

(31) 張公難先誄詞

鄂之人傑，國之大老。灌園課讀，安貧樂道。

潛謀革命，身幾不保。武昌起義，同伸天討。

服膺孟子，民主是好。憂心國事，惄焉如擣。

敬恭桑梓，功同再造。敭歷內外，聲聞孔昭。

追求民主，痌瘝在抱。瑰意琦行，惟賢所寶。
昊天不弔，不慭一老。緬懷先哲，誄德以表。

⑶觀榮兒訪渝郊歌樂山舊居及返鄉祭掃祖墓錄影感懷

一九九三年六月，三兒祖榮應中國科學院之邀請，赴北京訪問參觀後，於八月初旬返抵重慶，與二兒祖輝，同赴郊外歌樂山，尋訪五十年前之舊居後，又回鄉（湖北沙洋）祭掃祖墓。均有錄影存念。觀後感賦。

㈠山城景色似重回，可嘆人間已盡非。親友相見不相識，訴罷離情笑貌開。

榮兒童年離家，四十年未歸，今一旦與親友相見，大有相見不相識之感。

㈡五十年前問舊樓，茶軒茅屋尚依稀。荒烟寥落非疇昔，茶軒門窗已半攲。

余於五十年前之舊居茅屋及開設之陶閏軒茶社，均依稀尚在，惟門窗已呈半攲狀態。

㈢烽火棲遲衡鑑樓，考銓遺蹟締嘉猷。當年曾是掄才地，絃歌聲代唱名籌。

昔年考試院及考銓會部遺址，今已改建爲西藏兒童學校，絃歌之聲已代往昔考生入場之唱名聲矣。

㈣一訣慈顏望遠阡，衰齡罹難殞天年。孫歸未盡孤兒淚，恨未同來拜墓前。

先父以望八高齡，慘遭勞改，以致折磨而死。一坏孤墳，獨留野外，久缺拜掃，今觀榮兒祭拜錄影，恨未與其同來跪拜墓前，以盡孝思。

㈤半紀蓬飄別夢長，歸心日夜憶沙洋。鄉音盈耳眞親切，恍若嬉遊在故鄉。

余離鄉數十載，思念之情固結難解，今於錄影中突聞悅耳鄉音，恍若兒時嬉戲於衆親友之中。

(33)病中雜憶

一九九二年十一月卅日午夜忽覺心胸悶塞、呼吸短促，當即電召救護車，昇至醫院急救，到達醫院時，已入昏迷狀態，即進入加護病房，用人工呼吸器（塑膠管）挿入口鼻中，以維持呼吸，一連七晝夜昏睡不醒，至第八天始告復蘇。翌日遷入普通病房，一週後出院回家休養，因憶病中遭遇之種種，感賦雜憶七絕八首。

㈠呼吸生存一線間，病來午夜重如山。人工能奪天工巧，眞個回生有妙丹。

在呼吸短促，生存一線之間，若非人工呼吸器之運用，殊難有生存之望。是人工呼吸，眞可謂巧奪天工矣。

㈡突患驚傳戚友間，重激牽動歲寒心。滿床函電紛馳問，盡見雲天急難情。

我病時戚友聞訊，或親臨探視，或函電慰問，雲天高誼，無任心感。

㈢病榻昏迷息僅存，妻兒環侍苦兼旬，老妻日夜憂形色，祝我重回慶再生。

我在昏迷期間，遠在馬里蘭州的三個愛女相率飛來，與老妻環侍多日。尤其老妻恩愛情深，憂形於色，虔禱上蒼，令我早慶復生。

㈣夢境荒唐不可稽，大呼綁我太離奇。三女之中一最美，數她凶悍似無匹。

我在昏迷中，覺在一屋內，見有三女斡進來，其中較美的一女，厲聲命二女將我綁縛，夢中之事本不可稽，姑妄言之，以見離奇之事，未嘗不常有也。

㈤驚呼綁縛難掙抗，又覺皮毛貼滿身，料想病房醫護事，遍詢醫護不知情。

我被綁後，二女又將皮毛遍貼我下體，意料或醫護人員所爲，醒來遍詢醫護人員，皆不知有此情形。

㈥四週無援待盡時，懼臨按鈕命如絲。忽驚一叫蒼天破，瞥見煒兒喚我知。

我被綁置於一電機室中，謂一按鈕我命即絕，正危急時，耳際忽聽一聲爸爸，驚視我身已雜坐於家人之中，煒兒在傍告我，此地係醫院候診室，始知叫我者爲煒兒，至此夢中危機遂解除。

(八)惶懼一番剛終了，又見姍姍數老來，我喜趨近將道故，霎時消散未傾懷。

前幕甫告終了，又見數老姍姍而來，其中一老人，貌似祖父，遂即趨迎，霎時間，羣影已消散無踪，據云係我祖先前來接我同去，今我既未隨行，未免有違祖先之心意，思之不禁悵然。

(八)眞幻皆空念亦空，唯思祖澤蔭孫重。悲歡聚散尋常事，只付南柯一夢中。

以上所記，是眞是幻，都是空想，唯念祖澤深厚，被及孫曾。悲歡聚散，都是常有之事，只有付諸南柯一夢耳。

(34)病後承諸契友爲我九五誕辰稱觴祝嘏感賦以謝

余去冬一病幾殆，幸託諸親友鴻福，得慶更生，今值九五虛度之辰，復承稱觴祝嘏，感激之餘，特賦此以謝並就正於

諸先生夫人

一九九二年癸酉正月李飛鵬謹賦於北美加州聖荷西市

㈠從來九五世稱尊，盼到期頤尚五春。何德我能登此壽，但教無疾送餘生。

㈡衰遲誰信起沉疴，幸託親朋鴻福多，今日稱觴賀筵上，願同長健樂陽和。

⑶⑸癸酉（一九九三）九月偕室人飛赴馬州探視愛女即事感賦

㈠航機飛上彩雲頭，午發金山夕馬州。忽見機門嬌女候，喜迎二老再東遊。

㈡去冬一病幾不起，今秋且喜得重來。草徑似先清掃淨，樓門知爲我來開。

㈢昨夜小樓睡夢稠，思潮如水竟泛流。正將捕捉兒時影，卻已晨曦照席頭。

㈣前歲上樓輕如燕，今朝脚重若登山。近知筋力衰多少，老景催人不等閒。

㈤艱難上下感無力，愛女籌安計憲焦。臥榻移將餐室下，安排解我步趨勞。

㈥童稚天眞倍可親，偎依繞膝不離身。含笑脈脈又無語，似畏阿翁又遠行。

㈦三載長勞別緒憂，今朝一聚解千愁。籠中小鳥解人意，也爲迎賓叫不休。

(八)一時歡聚興方濃，不覺歸期去又忽。相視依依情默默，離愁均在不言中。

(九)航機振翼騰雲起，載得離人西向飛。蝸室塵封盈几案，欣然迎待倦遊歸。

(十)闌珊歸來慰情多，倦鳥終須慰舊窩。鄰友殷勤來問訊，原娛小別樂呵呵。

(36)中國考政學會第十六屆會員大會特刊題詞

壎箎相應德業相期

宏揚考政廣績咸熙

(37)輓趙鳴九先生聯

訂交逾卅年，肝膽相照，亦師亦友，滿懷赤忱愧後死。

拜別僅數月，音容頓杳，似幻似眞，萬方多難哭先生。

(38)輓陳伯稼先生聯

感舊記前塵，杖履依稀，試院追隨經卅載。

愴懷當此日，人琴頓杳，遲莊回憶足千秋。

(39) 輓馬宗融年兄聯

素日辱相知，談笑盤桓，員嶠卅年情誼重。
一朝聞不起，信疑彷彿，海天萬里膽肝摧。

(40) 輓劉紹唐先生聯

胸羅武略，腹滿文韜，壯志未全酬，一朝奄忽辭塵世。
書擬鍾王，文追韓柳，大材難竟用，漫天風雨悼斯人。

(41) 輓沈秉士年兄聯

臺島幸重逢，後會無期，臨別嗚咽知永訣。
京闈懷共榜，相思彌篤，暮年昆季已難求。

(42) 輓大姑母聯

誼姑母而情同生母，七十年慈蔭常庇，欲報之德，昊天罔極。

名猶子而職代親子，一百歲高齡在望，尚未稱觴，仙馭遐昇。

(43) 九十自壽聯

修短抑何憑，幸劫後餘生，無災無難登大耄。

甘苦皆歷盡，喜兒曹團聚，相依相愛慰雙棲。

(44) 九二自輓聯

傲骨歷滄桑，不忮不求，猶幸髦境餘甘，兩袖清風棲海域。

赤忱融戚友，無愧無怍，只憾慈恩未報，一坏荒土慟親闈。